新聞不新

□ XINWENBUXIN

方标军　著

江苏人民出版社

著名书法家、中国书法家协会副主席孙晓云题字

为者常成
行者常至

录自晏子春秋
甲午之秋
孙晓云

目录

昨日行程
（代序）

仔细想了一下，写新闻、写时评、写书评可能是我人生不同时期的业余爱好和生存方式。写新闻对我敏锐观察事物、提高写作水平不无裨益，写时评让我有更多机会辨别是非、参政议政，写书评则促进我多读书、丰富精神生活。我的人生规划是，从现在开始给自己减负，有空多读一点书，如果精力允许又正好感兴趣，也许会再写点书评。

　　这几年我完成了时评专著《有些话不得不说》系列丛书的写作。没有写新闻的经历和锤炼，要写出好时评恐怕不那么容易。这让我不由想起痴迷于写新闻的难忘岁月。

　　恢复高考制度的第二年，我从家乡一所"戴帽子"小学考入江苏师范学院盐城分院中文系。我这里所说的"戴帽子"，是指在小学里办初中、高中班。由于师资奇缺，给我们上课的老师大多是农村知识青年。记得高考复习，我们学生不会做的数学题，老师同样不会做。印象最深的是一位姓丁的老师，跟我考了差不多同样的分数，进了差不多同样的学校，大学毕业则幸运地分配进了东台中学。

　　七七、七八级大学生中老三届居多，我们七八级中文两个班同样如此。我们班年龄大的同学，都有扎实的功底，不少就是县中高中毕业班老师。而我考入江苏师范学院盐城分院之前，总共只读了九年书，其中小学五年、初中两年、高中两年，底子如何可想而知。那几年好在我能坐得住，老师、同学也乐于帮助我，终于渐渐站稳了脚跟，考试成绩有时也能进入年级前三名。

学中文很重要的一项基本功是能写文章，印象中那时老师布置的课外作业就是写小说、诗歌、散文等文学类作品。由于班主任安排我担任学校广播站通讯员，我每周都要为班级写几篇新闻稿。也许就是从那个时候开始，我对写新闻有了兴趣。

由于没有任何家庭背景，我理所当然地被分配到了一所农村初级中学任教，我永远不会忘记我工作的第一个单位东台县安丰公社新安中学。在这里我有了从教经历：担任初三（1）班班主任、语文老师；团干部工作经历也从这里起步，担任学校团总支书记。更为重要的是，我开始以写新闻为乐趣，并通过写新闻实现人生最大一次跳跃，由普通教师被直接任命为东台团县委副书记。

《新安中学采取措施减轻学生负担》是我写的第一篇真正意义上的消息，发表于1982年2月16日《盐阜大众报》。当时的责任编辑徐城生，看我多次投稿，为了调动我的积极性，专门打电话通知我到盐城改稿。这篇处女作虽然只有397字，但对我影响至深，从此一发不可收拾。这一年，《人民日报》《新华日报》《中国青年报》《青年报》也都发表了我写的读者来信、人物通讯和新闻评论。1982年7月9日《青年报》一版评论《不要插嘴》，是我首次以笔名"俟明"发表文章。在我的印象中，《青年报》当时有一个栏目叫《精神文明大家谈》，《不要插嘴》正是应征而写。"俟明"有等待光明、呼唤文明的意思，应该说取这个笔名就是与文章有所呼应。

1983 年 5 月 15 日《人民日报》发表了我写的《安丰公社运动会乡土气息浓》的消息。一个公社举办农民运动会的新闻登上《人民日报》应该说很不容易，说明我对新闻的捕捉以及表达技巧有了新的提高。也就是从这个时候开始，东台县委宣传部、东台团县委、东台县安丰公社领导都有了调我的意向。据说调我态度最坚决的是两个人，一个是县委通讯站站长杨仪，一个是团县委副书记程立。当时程立主持东台团县委工作。由于程立多次向县委推荐，以致县委相关领导产生了疑问：有没有亲戚关系？是不是有人关照？而事实上程立与我从未谋面，他的推荐完全是爱才。经过县委组织部、团县委的联合考察，特别是县委常委、组织部长的亲自面试，最终我被委以重任。现在想来，这次破格提拔至少让我少奋斗了十年，如此幸运不是每个人都能碰到的。这里我要特别感谢程立先生。

在东台团县委工作近六年，我坚持写新闻的习惯没有改变，特别是自己所做的工作被媒体放大，得到社会的认可，心里总是乐滋滋的。到团县委工作不久，团中央学习教育活动办公室等单位联合举办"党在我心中"基础知识竞赛，为了解决要求参加竞赛的单位多、分配的名额少的矛盾，团县委决定在全县所有基层团支部中开展"小抢答赛"，除指定 10 个团支部将竞赛答案寄团省委外，其余 1567 个团支部的答案，由团县委组织有关人员阅卷评分，并设一等奖 5 名、二等奖 10 名、三等奖 25 名。《中国青年报》收到我的来稿后，立即在 1984 年 3 月 24 日一版右下角刊登，并加了编者按，指出：团东台县委组织的"小抢答赛"的方法及其创造性地开展工作的精神，都值得肯定。这次"党在我心中"基础知识竞赛，指定参加抢答的团支部少，而要求参加竞赛的团支部很多。东台的做法不仅很好地解决了这个矛盾，而且有效地激发了广大团员青年的学习热情，为普遍开展整党文件学习教育活动准备了条件。这就说明，只要我们动脑筋、想办法，不怕麻烦，许多矛盾都可以解决，许多事情都可以办好。

类似的富有创意的工作还有很多。1985 年 3 月 22 日《中国青年报》刊登一则消息，题为《东台青少年慰问边防战士和家属》。在我的印象中，当时中越边境地区冲突不断，前方战士流血牺牲，而国内主流媒体却在大肆宣扬年轻人应该拼命地干、拼命地玩。我觉得这两种氛围极不协调，于是提议并组织东台 37 万青少年，给东台籍云南边防战士写慰问信、寄慰问品，激励他们为保卫祖国英勇杀敌。时间已经过去了 30 年，这件事让我至今难以忘怀，我为当时的自己骄傲。

在东台团县委、东台团市委工作期间，我还树立了两个在全国有影响的青年典型：邓桂荣、杨吟山。那个时候，东台团工作在全省是有影响的，作为团县委书记，我还光荣地当选为团省委委员。要不是因为我生病住院五个月，当时早已调团省委工作了。

1989 年 9 月，我离开东台团市委到了东台市文化局工作。这期间我写的最长一篇新闻是专访《我国新闻界的一颗巨星——瞻仰戈公振故居和戈公振先生生平展览》，全文近 5000 字，发表于 1990 年 11 月 11 日的《新华日报》。正是由于写作这篇文章以及筹办戈公振诞辰 100 周年纪念活动，使我有机会认识了当时的文化部代部长周巍峙、江苏省文化厅厅长王鸿等领导，从而有幸得到王鸿厅长的赏识，并很快调到南京工作。

《中国文化报》《解放日报》《文汇报》曾于 1990 年 6 月相继刊登了《国家资助扩建戈宝权图书馆》的消息，这也反映了我们工作中的创新精神。戈公振、戈宝权都是东台人，而戈公振又是戈宝权的叔父，戈宝权同样是我国现代新闻、文化史上有重要影响的人物。在我的提议下，东台市图书馆增挂了"戈宝权图书馆"的牌子。这一增挂一举两得，既进一步扩大了东台的知名度，又争取到国家计委的经费支持。当年国家计委直接下达经费 30 万，这与国家计委主任邹家华有很大关系。邹家华的父亲邹韬奋，与戈公振有着极为深厚的友谊。

1992 年初，我被省文化厅借调到江苏文化音像出版社工作，随后又出任《影剧文摘报》副主编，而当时的主编由王鸿厅长兼任。1995 年 9 月 13 日《中国文化报》、1995 年 9 月 23 日《新华日报》都对《影剧文摘报》努力探索高品位文摘之路作了报道。我办《影剧文摘报》强调不乱不散不慢，应该说付出了心血。

在我所写的新闻中，现任中国美术家协会副主席、中国美术馆馆长吴为山值得一提。他如今已成为具有国际影响的雕塑艺术家，想当年在省内的影响还很有限。作为同乡好友，我在《扬子晚报》上为他写的消息至少有四篇，包括他为林散之、陶行知、陈白尘塑像以及为越剧节创作浮雕等。

　　"为者常成，行者常至。"我非常喜欢这句话，为此特别恳请中国书法家协会副主席、江苏省书法家协会主席孙晓云为我书写。我想以此为家训，并与大家共勉之。

2016 年 4 月

记 事 篇

广大团员青年纷纷要求参加
"党在我心中"知识竞赛
团东台县委组织全县团支部抢答

　　编者按　团东台县委组织"小抢答赛"的方法及其创造性地开展工作的精神，都值得赞扬。这次"党在我心中"基础知识竞赛，指定参加抢答的团支部少，而要求参加竞赛的团支部很多。东台的做法不仅很好地解决了这个矛盾，而且有效地激发了广大团员青年的学习热情，为普遍开展整党文件学习教育活动准备了条件。这就说明，只要我们动脑筋，想办法，不怕麻烦，许多矛盾都可以解决，许多事情都可以办好。

　　3月15日，团江苏省东台县委发出通知，满足广大团员青年的要求，组织全县所有基层团支部参加即将举行的"党在我心中"基础知识竞赛，并决定自行阅卷评奖。

　　团中央学习教育活动办公室等三单位联合举办这次竞赛的消息公布后，东台许多基层团支部纷纷要求团县委指定他们参加。团县委认为，这次竞赛活动有利于激发团员青年对党的感情，培养他们的读书兴趣，推动以学习整党文件为主要内容的教育活动的普遍开展。为了解决要求参加竞赛的单位多、分配的名额少的矛盾，他们决定在全县所有基层团支部中开展"小抢答赛"，除指定十个团支部将竞赛答案寄团省委外，其余 1567 个团支部的答案，由团县委组织有关人员阅卷评分，并设一等奖 5 名，二等奖 10 名，三等奖 25 名。团县委还买了一批竞赛必读和参考书籍，赠给基层团支部；并及时总结、推广了该县南沈灶乡徐墩村团支部做好竞赛准备工作的经验。

目前，一股读书热潮正在东台县广大团员青年中兴起。

1984 年 03 月 24 日《中国青年报》

新安中学采取措施减轻学生负担

东台县新安中学全面贯彻落实党的教育方针，纠正片面追求升学率的错误做法，采取措施，努力减轻学生负担。

过去这个学校为了提高升学率，开展了"拔尖"活动。在初三年级分了快慢班，音、体、美以及课外活动都被取消了。大量的作业、频繁的考试压得学生喘不过气来，逢到假日、星期天还加班加点，严重地影响了学生的身心健康。学校领导及时召开有关会议，认真总结经验教训，积极采取措施，加强思想政治工作，改进教学方法，努力减轻学生的负担。从去年 10 月开始，他们取消了快慢班，恢复了音体美课程，并且明确规定：一、各任课教师布置的作业总量要使学生在 40 分钟内完成；二、自习课任课教师辅导，但不讲授新课；三、每学期各门功课只进行两次考试；四、节假日不得补课；五、坚持"两操一课"制度，正常开展课外文体活动。

今年寒假，这个学校没有搞任何复习补习班，新学期开始后，他们又重申了有关规定，保证学生健康地成长。

1982 年 02 月 16 日《盐阜大众报》

八个"小老师"

不久前，江苏东台县新安中学初一甲班里，出现了八位"小老师"，这倒是件新鲜事。

这个班的 42 名同学，是从附近各个农村小学招来的。同学间的知识基础悬殊较大，老师讲课时很费劲。怎么办？班长吴少华、学习委员丁红梅等八个学习成绩较好的同学一合计，决定自己来当"小老师"，每人帮助几个学习差的同学，组织了八个学习互助组，并在组与组之间开展竞赛，看谁帮助的同学进步快。现在，各个互助组的同学，可说是形影不离，早上读书在一起，下午课外活动在一起，晚上温习功课也在一起。在八位"小老师"的带动下，不少同学进步较快，学习互助已蔚然成风。

1982 年 04 月 15 日《中国青年报》

安丰公社运动会乡土气息浓

最近，江苏东台县安丰公社2000多名工人、农民和青年民兵，举行第十三届工农体育运动会。

运动会上，除了扁担操、越障碍、负重赛跑、水上拔河等传统项目外，还增加了自行车慢赛、扛运接力、板锨扬远等新项目。

1983 年 05 月 15 日《人民日报》

新安中学加强师德教育

近几年来，东台县新安中学切实加强师德教育，抵制精神污染，取得明显效果。

以前，这所学校个别教师品行不端，师教不勤。为此，学校领导总结经验教训，及时加强师德教育。他们向老师提出八条要求，即作风正派，道德高尚；爱护学生，诲人不倦；仪表端正，言谈文明；谦虚谨慎，团结互助；致力教育，勇于献身；勤奋学习，力求上进；业务熟练，教导有方；纪律严明，遵纪守法。

由于这所学校狠抓师德规范教育，一个师德良、师志坚、师心慈的好师风正在形成。

1983 年 12 月 09 日《盐阜大众报》

富裕之门四面开，有志青年请进来

官北村年轻人在商品生产中唱主角

东台县四灶乡官北村为年轻人搭台，引导他们在商品生产中唱主角，取得了较好效果。目前，全村已有青年为经营骨干的专业户49户。

过去，这个村商品生产起色不大，去年底，全村只有二十来个专业户。今年村党支部对全村27家豆腐茶干店进行了调查分析，发现有21家是青年人经营的，其中四家搞机械化生产的全是年轻人。大家清醒地认识到：要发展商品生产，就要把青年这股有知识的力量利用起来。五组青年沈志风、沈志保兄弟俩，近两年靠两条运输船起家，每年收入3000多元，购置了小轻骑、收录机、沙发，盖了新瓦房。村支部靠船下篙，抓住这一典型，请这兄弟俩现身说法，介绍经验。一些过去想富无门、致富无能、望富兴叹的青年人，心都热了。二组团员夏华看到《新华日报》介绍了海安县南宁乡张友美养猪致富的事迹后，便和父亲一起赶往海安县老张家求教，村里支持资金1000元，帮助借贷款1000元，把集体猪舍借给了他，让他家办起了养猪场。为了解决猪粪的出路，还把猪场附近一亩鱼塘拓为三亩，优先让他家承包养鱼。眼下，他家饲养的肉猪，头头膘肥体壮，已达70多斤，年底可出售商品肉猪50头。目前，全村专业户已发展到89户，占总农户的三分之一。

1984 年 07 月 21 日《盐阜大众报》

东台万余团员青年营造沿海防护林

　　东台 6 日电　今天下午，东台县一万名共青团员、青年在沿海营造防护林。这一工程，是东台县团秀为响应省政府"沿海要在本世纪末建成防护林体系"的号召而组织的。去年，这个县共青团员和青年已组织营造了第一个"东台青年林"，今年春天，除营造防护林以外，还将新辟东台共青林场。

1985 年 02 月 07 日《新华日报》

东台青少年慰问边防战士和家属

　　从本月 18 日开始，江苏东台县 37 万青少年广泛开展慰问东台籍云南边防战士活动。青年们写慰问信、寄慰问品，激励战士们为保卫祖国，英勇杀敌。同时，他们还走访了边防战士的家属。

1985 年 03 月 22 日《中国青年报》

东台县掀起学习邓桂荣同志的热潮

模范共青团干部邓桂荣同志的事迹在本报发表后，英雄的家乡——东台县成千上万的团员青年掀起了向邓桂荣同志学习的热潮。

团县委和县委宣传部联合编印了一期学习宣传邓桂荣同志的专辑材料，作为团课教材，发到基层团支部。县广播站播发了18篇学习邓桂荣同志事迹的文章。团县委还组织了邓桂荣同志事迹报告团，先后到全县四大片，为团员青年巡回演讲，并开展了"向无私奉献的团干部邓桂荣同志学习，奋力开创基层团工作新局面"的竞赛活动。

四灶乡黄坎村是邓桂荣同志的家乡，现在该村团支部办起了东台县四灶丝毯厂，实现了邓桂荣同志的遗愿。四灶乡团委也把学习邓桂荣同志的活动落实到实际行动中，全乡建立助耕队29个，助耕小组187个。

1986 年 04 月 10 日《盐阜大众报》

残疾少年坐上手摇车

江粉根是江苏东台县溱东乡开一小学五年级学生，今年12岁，下肢瘫痪，平时走路只能用双手在地上爬行。他的家中很困难，父亲五年前患癌症去世，母亲也是个残疾人。但就在这样的困境中，江粉根顽强刻苦地学习，四年多来没缺过一次课，许多个星期天，他爬到老师家补课。由于他的努力，学习成绩不断提高。今年教师节前，江粉根从《少年报》上看到《我爱您，老师》征文启事后，情不自禁地写下了《雨天》这篇日记（刊8月27日第1001期《少年报》头版），记叙了赵老师在雨天背他回家的事，写好后寄到编辑部，结果获得一等奖。前不久，《少年报》和盐城团市委、市教育局联合召开了发奖会给他发了奖。后来市、县、乡和学校都表扬奖励了他，乡里还赠送他一辆手摇车。现在江粉根坐上了手摇车，决心今后更加刻苦学习，做"四有"少年。

1986年12月10日《少年报》

东台县色织二厂团组织发挥多功能作用

团省委负责同志评价这个厂团的工作是乡镇企业团的工作发展方向

东台县色织二厂团总支在生产活动中体现团组织的多功能作用。今年3月份，团省委书记黄树贤到该厂参观后指出，这个厂的共青团工作，正是乡镇企业共青团工作的发展方向。

这个厂团总支贯彻"围绕四化中心，活跃团的工作"的指导思想，从镇属企业的特点和实际出发，广泛开展"献计攻关立功"活动，体现了团组织的多功能作用。

——与厂长制定经营决策相适应，发挥团组织的智囊功能

厂团总支成立了"经营谋略研讨组""管理策略研讨组"，定期反映生产经营动态，拟定专题进行研究，给领导当参谋，形成一支活跃的业余智囊队伍。1985年来，纺织市场原料紧缺，厂长为此大伤脑筋，团员马善东提出本厂经济要发展就必须兴办原纱生产基地的建议，并利用两个不眠之夜写出了2500字的题为《势在必行的投向目标》的论文，科学地提出"以厂建厂，以厂养厂"的观点，他的建议很快被厂部采纳，该厂规模为一万纱绽的纺纱车间正在进行基建，预计投产后全厂每年可实现产值

2000 万元，税利 150 万元，两个研讨组成立以来，已先后有 29 篇论文被采纳。

——与增强企业活力相适应，发挥团组织的辅助功能

团总支在全厂广泛组织技术练兵，结成了 200 多对青工帮教对子，开展了"夺产品设计第一""操作技术第一"等十大竞赛活动。办公室团支部全体成员，集体构图设计了"海力蒙"等四个品种，分别被市科委、市计经委等部门联合鉴定为市新产品，其中双面双色提花装饰布还荣获省"新苑杯"奖。

——与发展横向经济联系相适应，发挥团组织的集散功能

团总支对全厂可能提供有价值信息的青工作了全面摸底，凡有亲属朋友在大专院校、科研机构、外地大型企业或国外的重点人员，都上了登记册，并在全厂青工中开展了每人写一封信的活动。青工小王的姐姐在上海某科研院工作，小王与姐姐联系后，她姐姐经常通过书信提供情况。去年，该厂西服呢是生产重点项目，而上海市场已出现滞销趋势。接到小王姐姐传来的信息后，该厂及时转产，结果，同行业其他厂大量产品积压，而该厂却迎来了新的生产旺季。

——与企业思想政治工作相适应，发挥团组织的凝聚功能

团总支有的放矢地开展了"青春的价值"等专题讨论，组织了"我为企业献青春"等演讲报告，激发青工"爱厂爱岗"的热情。织造车间青工小刘是县城大集体人员，分到这个厂后，感到委屈。后来，他父母落实了知识分子政策，可以办理手续将儿子调出，但理想教育提高了小刘的认识，他说服父母，坚持留在厂里，现在已担任了管理 60 多人的班组负责人。全厂共有 8 名按政策可以调走的青工放弃了机会，愿将青春贡献在这里。

1987 年 05 月 06 日《盐阜大众报》

东台团县委采取多种方法激励团员青年
学习改革理论投身改革实践

十三大召开后，东台团县委将统一团员青年的改革思想作为团的一项重大任务，激励团员青年学习改革理论，投身改革实践。

开展对话活动。全县三级团组织从今年 10 月底开始，用了一个月时间，层层组织这一活动，充分调动了全县团员青年学习改革理论的积极性。11 月中旬，这个团县委在县城青工中举办了 6000 人参加的改革知识竞赛，推动团员青年学习改革理论，提高坚持改革自觉性。

开展《改革在我身边》征文竞赛。11月下旬，这个团县委发动全县 5 万团员人人拿起笔来，写发生在自己身边的改革方面的人和事。这一活动增强了团员青年的改革信心，也使他们看到改革的艰巨性、复杂性。县造纸厂、制药厂、内燃机配件厂团员通过征文活动，认识到改革要有韧性，青年人要善于从已经变化的历史条件和国情的实际出发考虑问题，真正成为清醒、理智、勇往直前的改革者。

开展"燃烧的火炬"循环红旗和"青年改革先锋"评比活动。对改革意识强、改革成绩显著的团员青年，团县委将分两批命名。这些活动激发了团员青年投身改革实践的热情。

1987 年 12 月 13 日《盐阜大众报》

自我表现 自我娱乐 自我教育
东台市举办第二届青年文化节

为时五天的东台市第二届青年文化节，11 月 5 日晚在台城落下帷幕。

这届青年文化节是由东台团市委、东台市文化局等六个单位联合主办的。文化节期间，举行了声乐、器乐、现代舞、艺术舞蹈、书法、美术、摄影、演讲、知识竞赛、赛诗、小调查报告和小报告文学征文等十多个项目的竞赛。同时，还举办了中外影片汇展等活动。

青年文化节，是东台城乡青年自我表现、自我娱乐、自我教育的好形式。报名参赛的城乡青年达 1000 多人，是上届参赛人数的五倍，他们中有工人、农民、教师、学生、武警战士和科技人员。盐城市各县区也有 60 多名青年报名参加比赛。

1988 年 11 月 08 日《盐阜大众报》

东台沈和村 27 对青年参加集体婚礼

东台 27 日电　今天上午，东台市六灶乡沈和村 27 对青年参加了团支部举行的集体婚礼。该村八年来共有 274 对青年结婚，全都参加了集体婚礼。

1989 年 01 月 28 日《新华日报》

王爱军抢救落水儿童献身

东台 12 日电　东台团市委今天发出决定，授予该市新街镇方东小学六年级学生王爱军"舍己救人小英雄"称号。

今年 7 月 4 日，在蓄水闸上复习功课的 14 岁学生黄勤祥不慎落水。王爱军闻讯后急忙赶去，飞快跳到水中，连续三次将小黄托出水面。小黄得救了，王爱军却因力气耗尽，不幸遇难。

1989 年 07 月 13 日《新华日报》

我省"县级市群文理论研讨联谊会"成立

日前，我省县级市群文理论研讨联谊会在东台成立。该会的宗旨是，探讨县级市群文的新情况、新特点，改革和发展县级市群文工作，发挥城市群文对乡镇的辐射作用，并定期交流有关经验。

1990 年 05 月 17 日《新华日报》

国家资助扩建"戈宝权图书馆"

最近，国家计委拨款 30 万元，支持江苏省东台市扩建"戈宝权图书馆"。

戈宝权同志是我国著名的外国文学研究家、翻译家，在翻译、介绍苏联和俄罗斯文学方面作出了卓越的成就，曾获得普希金文学奖、伊万·弗兰科文学奖,以及由苏联最高苏维埃主席团颁发的"苏联各国人民友谊勋章"。戈宝权同志是东台市人,1983年以来,他先后把自己的译著、手稿、图书3万余册,赠送给家乡图书馆。为此东台市命名市图书馆为"戈宝权图书馆"。"戈宝权图书馆"扩建工程已于1989年底破土动工,共征地16.5亩,预算使用资金150万元。

扩建后的"戈宝权图书馆"业务楼实际使用面积是原来的10倍,共3500平方米,藏书是原来的3倍,达40万册。扩建工程将于年底竣工。

1990年06月19日《中国文化报》、06月21日《解放日报》、06月22日《文汇报》

专题片《戈宝权》在东台摄景

8月21日,由导演金磊率领的江苏电视台《戈宝权》摄制组一行6人,在东台实地拍摄了戈宝权、梁培兰夫妇访问故居玉带桥巷3号的情景,补拍了戈宝权幼年和少年时代生活过的一些地方。

戈宝权夫妇在东台的两天时间里,除参加专题片拍摄外,还与东台市博物馆的负责同志就有关研究戈公振的一篇论文交换了意见，并将他们珍藏多年的约 100 件戈公振手稿、信件等捐赠给市博物馆，其中戈公振编著的《中国图案集》一书为孤本。

专题片《戈宝权》是由北京、天津、上海、江苏等 18 家省级电视台联合制作的"当代中华文化名人录"中的一部。这套系列片，旨在为中国当代卓有成就的著名作家、诗人、文艺理论家、书画家和表演艺术家分别作传。首批被列入"当代中华文化名人录"的有夏衍、曹禺、艾青、巴金、刘海粟、戈宝权、钱钟书、高觉夫等 36 人，其中我省 4 人。11 月下旬，将在北京举行首播式，元旦起在全国展播。

1990 年 08 月 25 日《盐阜大众报》

东台发掘"瑶台音乐"

最近，东台市文化局组织 10 多名 70 岁以上的民间老艺人，对流传在东台地区的民间器乐曲"瑶台音乐"进行搜集整理和演奏录音。

"瑶台音乐"相传产生于唐代，以吹打乐为主，伴以丝弦乐，原为宫廷皇家喜庆、仪仗、祭祀、哀悼等活动服务。这种音乐的表演者是排列在搭成的瑶台（彩台）周围演奏，观众也围在四周观赏，后流传到东台地区在各庙会中演出。目前"瑶台音乐"已整理 100 首，受到了省文化厅的重视。

1990 年 09 月 16 日《扬子晚报》

东台十乡镇建成万册图书馆

10 月 18 日，东台市时堰镇图书馆举行了开馆典礼。这是该市今年继梁垛、富安、东台镇和五烈乡后建立的第五个乡镇万册图书馆，也是近三年来建立的第十个乡镇万册图书馆。

东台市建馆最早的安丰镇图书馆现有藏书 15500 册，月租书收入 500 元，已基本实现以书养书的良性循环。东台镇建成了专业性的青少年图书馆，开馆时藏书 20000 余册。

1990 年 10 月 27 日《盐阜大众报》

我市将举行戈公振诞辰百年纪念活动

最近，省委、省政府办公厅联合下发文件，决定由省、盐城市新闻工作者协会和东台市政府共同在我市主办戈公振先生诞辰一百周年纪念活动。

这次纪念活动将邀请北京、上海、南京等地有关领导、专家和戈氏家属 20 人。戈公振之子著名核物理专家、美籍华人戈宝树，至时将从美国回家乡参加纪念活动。

1990 年 11 月 03 日《盐阜大众报》

我国新闻界的一颗巨星
——瞻仰戈公振故居和戈公振先生生平展览

金秋季节，我们再次瞻仰了东台市戈公振故居和戈公振先生生平展览。戈先生是本世纪 20 年代前后、30 年代初期我国伟大的爱国主义者、著名的进步记者、中国新闻史研究的开拓者和我国早期的新闻教育家。先生将毕生精力奉献给中国新闻事业，作出卓越贡献。

戈先生名绍发，字春霆，号公振，生于 1890 年，卒于 1935 年。江苏东台人。座落在东台市区鼓楼路兰香巷 9-11 号的一座清代古宅，便是先生青少年时代生活的地方，如今，先生故居内陈设着先生业绩展览，供人们瞻仰。

我国新闻史研究的开拓者

展厅里陈设的各种版本的《中国报学史》《新闻学撮要》《新

闻学》等先生生前的著作，是他数十年来奋笔耕耘的结晶。先生所著《中国报学史》是一部最早的系统地叙述我国报业发展历史的专著。这部长约 200 万字的巨著，是先生在中国新闻史研究中的奠基之作。这部专著中关于中国近代最早一批外国传教士所办报刊的概述，关于维新派报活动的概述，还有附注附录中许多报刊发刊词、叙例、章程等，至今仍属不可多得的珍贵史料。先生的这部专著，自 1927 年出版以来，一直风行不衰。全国解放前四次再版，解放后又由三联书店重新出版。日本人小林保曾将此书译为日文，更名《支那新闻学史》，列入《支那文化丛书》之内。译者并在序文中指出："著者戈公振……就他的经历表明，他在中国是近代新闻界的第一人，作为实际家，同时又作为新闻学系统的研究家，享有很高的名声。"

1925 年出版的《新闻学撮要》，是先生根据美国新闻学者开乐凯的有关著作编译而成的第一本新闻专著。在这部专著中，先生能从中国报界当时的实际情况出发，作了必要的整编，附加了许多插图。梁启超特为此书写了序言，其中评价道："戈君从事《时报》十有四年，独能虚心研究及此。予喜其能重视职业，与此书之有裨后来者也，爰为之序。"作为一个新闻记者要具有敏锐的新闻嗅觉即："新闻鼻"。"新闻鼻"这个概念是先生首次在此书中提出来的。时人称道："译文'新闻鼻'一节，语皆确论，实属经验之谈。"

从展出的一幅幅史料图片中，我们看出先生是一位具有大胆创新和开拓精神的人。他创办的《图画时报》，开中国报纸增辟现代画刊之先河，并使我国画报的印刷技术由"石印时代"跃入"铜版时代"。十年之后，先生主编的《申报图画周刊》，无论在思想内容、编排技术，还是印刷质量方面，又比《图画时报》有了提高。伟大的爱国者和共产主义者、杰出的新闻记者、戈先生的亲密战友邹韬奋同志认为，先生所编的《申报图画周刊》"可与《纽约时报》的《星期画报》比美"。先生在《申报》报馆工作期间，亲手创建的剪报资料科学管理制度，达到当时我国报馆中最为完备的一流水平。

先生在繁忙的工作中，还到上海各著名大学讲授新闻学课程，组织报学社，开办报纸讲习所，举办报纸展览会，为培养新闻界的新生力量和促进事业的发展而乐育人才。像先生这样博学多才的新闻界人物至今也是少见的，正如中国人民大学新闻学院教授方汉奇指出的："像戈公振这样的在新闻战线的各个领域都作过杰出贡献的多面手和全才，在中国新闻史上，是十分罕见的。也许只有邵飘萍稍稍能与比肩，此外再也找不出第二个人来了。"

爱国报国的赤子之心

展厅里，爱国老人沈钧儒先生的一幅手书，深深地吸引了我们。沈老写道：

　　"我是中国人"，这五个字是戈公振先生临逝只剩一丝丝口气，从若断若续中吐出留在世间的一句话。五年前在上海，某夜读韬奋先生所为哀悼文，至此非常感动，因拟作五绝句以记之。三首就。第四首先写一句，即用戈先生语，竟不能续，再写，仍为此五字，到底写了四句"我是中国人"，一句重句，几于声嘶极叫。当时写毕，泪滴满纸，但不自承为诗也。行知先生见而许之，并嘱书。

此三十一年一月，沈钧儒记。

　　这是1942年沈老应著名教育家陶行知之邀，引用先生之语而成的手书。"我是中国人"是先生一片爱国报国之心的写照。早在1927年初，先生第一次自费出国考察，于1928年抵达日本时，即以一位新闻记者敏锐的眼光，洞察日本当时正利用所谓"元寇纪念会"，灌输和煽动日本国民侵略我国东北乃至鲸吞中国的思想，立即写下《旅日新感》和《旅日杂感》等通讯，向国内人民疾呼："满洲是我国东北的门户，这个问题一天不解决，我们就一天不能'高枕而卧'。但是我们没有实力，也不能解决这个问题。我们先要能戮力同心地紧防着人家再来捣鬼，一而再用远交近攻的手腕赶快生聚教训起来。"及时向国内人民敲响了警钟。1932年3月，国际联盟委派李顿调查团来中国调查日本的侵华事件，先生以唯一的中国记者身份随团采访，历时六个月，行程近三万里，冒着生命危险深入虎穴，遭日伪宪警逮捕，幸获释放。先生在当时所写《到东北调查后》的通讯中，又一次向国内人民疾呼："到东北调查后，据我个人粗浅的观察，除非举国一致，背城借一，不但东北无收回希望，而且华北也要陷于极危险的地位。事实如此，并非我危词耸听。"文章中强烈谴责了国民党当局的不抵制政策，无情嘲讽了国际联盟这个假面具。指出："国际联盟又是纸老虎，调查团的五委员只以自身利害为立场，将来报告书的制作，最多只从原则上说几句风凉话，似乎也在意料之中。"文章还热情歌颂了东北义勇军的抗日斗争，极力主张"其势非与全民族共同奋斗，打出一条生路不可"。此后，先生在日内瓦参加国际联盟特别大会时，又多次疾呼："关于东北问题的法理之争，至此告一段落。此后纯为事实问题，不是日内瓦所能解决，而是要中国自己奋斗的。"先生在著作和参加学术性会议时，时为国家自强自立而据理力争。1927 年 8 月，先生应邀参加国际新闻专家会议，在大会讨论议案时，先生第一个登台作了《新闻电费率与新闻检查法》的发言，为我国新闻业在国际上取得合法权利呼吁，并严正指出西方某些报刊歪曲我国抗日运动的错误报道。1935 年秋，在国难当头的紧要关头，正在苏联访问的戈先生，再也压抑不住抗日救国的激情，应邹韬奋等人之请，毅然回国，重新筹办代表人民喉舌的《生活日报》。不料回国后不久，因病住院，开刀后不幸逝世。他临终时，对韬奋同志说：

"在俄国有许多朋友劝我不要就回来……国势垂危如此,我是中国人,当然要回来参加抵抗侵略者的工作……"很可惜的是他没有如愿就离开了人间。他留下"我是中国人"的千古名言,可见先生爱国报国的一片赤诚之心。

杰出的文化使者

戈先生不仅是一个多才的新闻学家,而且也是一位杰出的文化使者。是他,亲手拉开了中苏两国文化艺术交流的帷幕。当时,苏联正是第二个五年计划建设时期,期望中国杰出的画家、美术教育家徐悲鸿先生的画展能在苏联展出,表示选择最优美季节盛情接待。先生闻讯后,即与正在法国和德国访问的徐悲鸿取得联系,徐悲鸿欣然放弃了英国之行,取道莫斯科,在红场的历史博物馆举办了第一次中国画展,盛况空前。苏联艺术家们纷纷邀请徐悲鸿作画。徐氏即席一挥而就,作一马一竹,意态生动。中国画特有的艺术魅力,像磁石般吸引着苏联艺术家们,特邀徐氏演讲《中国美术界之近况》,听后赞叹不已。

就在盛情接待徐悲鸿的同时,苏联有关方面问及先生:中国最出名的电影明星是谁?先生立即推荐了当时蜚声影坛的胡蝶。苏联立即发出请柬,邀请胡蝶访苏。在先生促成下,1935年3月2日,中国电影代表团第一次踏上了苏联国土,受到苏联人民的热情接待。

我国杰出的京剧表演艺术家梅兰芳，早已驰名中外。苏联对中国戏剧，特别是梅兰芳的舞台艺术仰慕尤其，希望梅兰芳到苏联去演出，又与先生谈及此事。先生立即以私人身份和梅兰芳取得联系。经过先生一年又一个半月的辛勤努力，一切准备工作方才就绪，使得梅兰芳1935年的访问演出一举成功。此后，先生又陪同梅兰芳、胡蝶等人到德、捷、奥等国家访问。梅兰芳此行满誉而归，抵达上海时发表谈话："余等此行游俄，极蒙苏联方面之热忱招待，此行代表与俄方接洽者，始终皆为戈公振先生。戈先生久居苏联，与苏联文化界方面极为融洽，故一切布置益见周到，令人心感。"梅兰芳也就在这期间，结识了高尔基和斯坦尼斯拉夫斯基等苏联著名文学家、艺术家。当年，梅兰芳还将自己亲笔题写的照片馈赠给高尔基。这帧代表中苏友谊象征的照片至今仍珍藏在莫斯科高尔基博物馆内。1988年秋，戈公振的侄子戈宝权同志到泰州寻访梅兰芳纪念馆时，特地将这帧53年前的照片，从苏联复印带回国赠给梅兰芳纪念馆。戈宝权同志还兴致勃勃地在照片下方题写了这帧照片的来由和经过，成了对先生的永恒追念。

高尚的思想品德

展厅的玻璃橱中，陈列着的大量史料和照片，反映了先生一生好学、光明磊落的高尚品德和情操。

先生为了学习和运用外国的先进技术，刻苦钻研外语。30多岁时在上海利用晚上的时间到青年会攻读外文，因教师比其年少，被讥为"八十岁学吹手，不自量力"。但先生泰然处之，自强不息。经过不懈的努力，终于学会英、日、俄等国语言。先生平时喜欢打球、体操和游泳，"不惑之年"还经常冒着风雨到跳舞学校学跳交谊舞，同仁们为之惊讶，殊不知先生并非自娱，而是为出洋考察早作准备！为编《中国报学史》，先生十余年来，广集史料，致使书房兼卧室堆书如山。为觅得第一手报刊资料，先生在上海徐家汇藏书楼消磨了大量时光，其顽强毅力使同事们大为吃惊。且先生移樽就教，登报征求，甚至远跋重洋，寻觅所好，可算达到如痴如醉的地步。

先生待人光明磊落，虚怀若谷。对待朋友如同自己的兄弟姐妹一样，真挚热情。著名女作家陈学昭早年在上海爱国女校学文科时，《时报》发表她写的征文《我所希望的新妇女》而崭露头角，从此认识了先生。以后陈学昭两次赴法求学，先后任《大公报》驻欧特派记者、《生活周报》特约撰稿人，并在法国克来蒙大学答辩通过文学博士学位的论文《中国的词》，都曾得到先生热情的支持和资助。陈学昭深情地怀念道："我永远不会忘记您

（指戈先生）给我的援助、鼓励、鞭策和教诲！"先生时常介绍些青年人到报馆工作。但也并不是简单地出具一张介绍信就算了事。而常常附上一封详尽的信。信中叙述此人长处有哪几点、短处有哪几点，说明此人的长处多于短处，酌请报馆扬长避短予以录用。待人态度可算诚恳到极点！先生常对人说："得一个朋友不容易，希望得一个朋友便是得一位导师和助手。"所以先生交游甚广，在他的行囊中常预备一只特殊的卡片盒，那其中一张张的卡片，便是他每次结识一位朋友后的记录卡。先生按姓氏笔画将每一位朋友的暂时住址和永久住址、简明履历，都写得一清二楚，可见先生对于友谊之认真。《良友》杂志社编著《名人生活回忆录》时，曾多次致函约先生撰写其生活回忆录（时先生旅居苏联），先生却婉言谢辞，充分显示出一种冰清玉洁的美德。直至先生逝世后，《良友》杂志社才专载了一篇《名记者戈公振之追记》的报道。

在展览的图片中，有一帧先生逝世时召开追悼会场面的照片和一帧遗体解剖的照片，使我们追忆起先生逝世时的动人场面：弥留之际，先生睁开眼睛，还能微微点头作微笑，从被单里缓缓伸出颤抖着的左手，和围在榻旁的好友们一一握手，告别最后，并和服侍他的女看护握手告别。先生早把生死置之度外，他很坦然地对守护在榻旁的好友说："死我不怕，有件事要拜托你们……我看已不行，请问问医生，如认为已无救，请她就替我打安眠针，让我即刻睡去。把身体送给医院解剖，供医学研究……"先生是这样地视死如归！这样地旷达镇定！

步出先生故居，我们油然想起先生当年在设计《新闻学撮要》封面时所引用美国探险家和考古学者亨利·韦尔科姆的一句名言："人类的最初纪录是脚印，说明他的来、他的去和他的作为。"我们想，先生所走过的脚印，不是为这句名言作了最好的注脚吗？！

1990 年 11 月 11 日《新华日报》、1990 年 11 月 24 日《盐阜大众报》

《戈公振年谱》问世

今年 11 月 27 日是伟大的爱国主义者、我国著名进步新闻记者、中国新闻史研究的开拓者和我国早期的新闻教育工作者戈公振先生诞辰 100 周年纪念日。最近，江苏人民出版社出版了《戈公振年谱》一书。

《戈公振年谱》采用小传体写法，侧重点为戈公振的学术研究和爱国主义思想，所叙事实以戈公振的著作、日记、手稿和报纸上的报道为据。它的出版，将有助于加强对戈公振一生事迹的了解，推动对戈公振的研究，促进我国新闻事业和新闻学研究工作的发展。

1990 年 11 月 22 日《文学报》

戈公振塑像及其作者

戈公振塑像给座落在东台市兰香巷内的戈公振故居增添了光彩，前往瞻仰者络绎不绝。

塑建的戈公振先生塑像，为汉白玉半身胸像，高90公分；底座系青花岗岩贴成，两侧外折似书籍装帧，象征着先生一生笔耕。说起这尊精美的艺术品的作者，这里还有一段佳话。

塑像的作者为省美术馆专业雕塑家吴支超和南京师范大学青年画家吴为山。54岁的吴支超，从事雕塑工作达30年，曾参加淮海战役烈士纪念塔、南京长江大桥桥头堡和雨花台烈士群像的创作。由邓小平题词的渡江纪念碑也出自他的手。吴为山，1961年生于东台。自南京师范大学美术系毕业后即留校任教。近几年来，其作品多次参加全国展览。他的作品《方位》曾到南斯拉夫展出并被收入《中国传统绘画册》。这两位中青年艺术家对戈公振先生都怀有一种特殊的情感。"文革"期间，吴支超在戈公振先生后裔家目睹先生遗物为"造反派"所掠，表示反感，说了几句公道话，即被隔离审查。吴支超对此极为愤慨，他说："有朝一日我出去后，定要为戈先生义务塑一尊像。"吴为山是著名书法家高二适先生的侄孙。高二适和戈公振是同乡，当年又同在上海工作，友情笃厚。当笔者邀请这两位艺术家合为戈公振先生塑像时，他俩欣然应诺。

金陵夜色，霓虹眩目，留下他俩奔波的脚印。他俩驱车前往定居在南京的戈公振先生之侄——戈宝权先生寓所，几经促膝交谈，觅得了戈公振先生的神韵。他俩还到戈公振先生故居查阅资料照片，领略戈先生的风采……经过反复酝酿，一尊由吴为山构思、吴支超执刀的戈公振先生胸像的泥塑在省美术馆雕塑工作室塑成。当笔者邀请戈宝权夫妇审定时，戈老赞不绝口。吴支超全力以赴与有关方面联系，促使石雕制作工序和底座设计在戈公振先生百年诞辰纪念活动前按时完成。

1991 年 01 月 26 日《盐阜大众报》

"懊悔"的驾驶员

3月3日早晨7时整，我乘坐一辆编号为"70035"的客车准时从南京鼓楼站开出，终点站是大丰县。

汽车行至南京长江大桥北约十公里处，突然停了下来，原来有人在拦车。我们先听驾驶员说"不行"，然后又说"快上"。

进来的一对青年夫妇和小孩坐到我的身旁，还有一位老大爷坐在前排。男青年是位军人，他说已买好了今天回大丰的车票，早上部队派车送他们到南京，途中车子坏了，就在路边等这辆车。驾驶员看了车票还是不同意，后来塞了一张"大团结"，才让上车。

军人还说，老大爷是到扬州市的，也给了驾驶员钱。

（按语：遇到特殊情况，驾驶员理应同情和谅解乘客，但他一心想捞外快，尽管是位军人，也被敲了。）

汽车在扬州市下人后，继续往前开，来到泰州市东郊，停了两次，又上来两个青年人，都没有票，说给钱。

（按语：私带乘客，这是交通部门严格禁止的，但驾驶员一而再、再而三带人，胆子大得很。）

进入泰州市与泰县交界处，汽车第五次停了下来。驾驶员说："刚才上来的两位同志，请下车，前面要检查了。"

"我们要到大丰，现在前不着村，后不着店，这怎么行！"两位青年不同意。

"实在对不起，查到要罚款。"

"那你带我们到前面的一个车站"。

"我不敢往前开了，今天是流动检查。"

"你怎么知道？"两青年追问，我也在心里打了问号。

驾驶员默然。坐在第一排的一位乘客说："刚才对面开来的一辆客车亮了大灯，鸣了几声喇叭，肯定是那辆车的驾驶员'报警'了。"

驾驶员笑笑，表示认可。两位青年被迫下了车。

（按语：至此，驾驶员大胆带客的原因找到了，真是"上有政策，下有对策"。）

担心、着急一扫而光，驾驶员把车开得飞快。不到下午 1 时，我们已来到东台市境内。就在这时，前面出现了稽查车，我们的车停了下来。驾驶员高兴地打开车门，准备接受检查。然而，公路上的客车越聚越多，稽查人员似乎忙不过来，让我们这辆车先走。此时此刻我注意到，驾驶员一脸的懊悔。

（按语：这位驾驶员以为，车上人人有票，已查不出问题，可结果呢，稽查人员又没上车检查。于是，他懊悔当初不该把那两位年轻人放下车。显然，这位驾驶员没把车上的乘客放在眼里，乘客们，你们说呢？）

1991 年 04 月 04 日《中国交通报》

在家有电影文艺队 出海有海上文化船
东台农家文化生活好丰富

驮着书篓，到村头摆摊设点，进农家预订图书，这是江苏省东台市新华书店的新尝试。这也是这个市丰富农民家庭文化生活中的一个镜头。

这个市的文化部门根据乡村特点，用健康有益的文化活动教育农民，取得较好的社会效果。

以往由于旧习俗的影响，农家举办婚礼、砌房上梁、为老人做寿、操办丧事等，免不了要宴请宾客，少则上百元，多则数千元，常常弄得债台高筑。如今在溱东镇草舍村，这股操办之风已荡然无存。逢有农家婚丧喜庆，溱东镇电影队总是主动登门，为之包场放电影，招待亲朋好友、乡里故邻。

琼港镇常年下海作业的有50多个渔民，一出海就是几十天到几个月。他们除打渔生产外，精神文化生活相当枯燥。面对这种现象，琼港镇文化站在上级文化部门和当地政府的支持下，筹集资金3000多元，创办了"海上文化船"。"海上文化船"有43条，一般都达到三有：一有图书箱，二有电视机、收录机，三有棋类、扑克、游艺活动。船头文化活动极大地丰富了海上渔民的精神文化生活。

在四灶乡农村，活跃着一支身背乐器、驮着灯光布景，常年为农民服务的文艺轻骑队。近两年来，他们已自编自排了80多个节目，内容有反映农村计划生育、社会道德和《婚姻法》《土地管理法》等方面的，也有表扬群众熟悉的新人新事，形式有歌舞、曲艺、表演唱、对唱和小戏等。

由于东台市农家的文化活动比较丰富，社会治安得到改善，近两年来，该市刑事案件有较大幅度的下降，社会丑恶现象很少发现。

1991年11月21日《法制日报》

周盛泉 "漫园" 勤耕

中国美术家协会江苏分会会员、省快活林漫画学会副会长、东台籍漫画家周盛泉几年来辛勤培育漫画新苗，使 20 多位漫画爱好者脱颖而出。近两年来，周盛泉的学生们创作漫画作品 1000 多幅，不少作品获得优秀作品奖。

漫画是群众喜闻乐见的画种，为许多青少年痴迷。怎样使青年爱好者尽快"入门"？周盛泉办班讲授漫画理论知识，并结合自己多年的创作实践，传授创作技巧。他还多次举办了学员漫画作品展览，组织互相观摩，发动写创作体会文章，有时还自己动笔撰写评论文章。1989 年初，在他的倡导下，建立了东台历史上第一个漫画学术组织——东台市漫画学会。在一无经费二无人手的情况下，他创办了会刊《东台漫讯》。由于老周的忘我耕耘，使《东台漫讯》声誉渐起，外地作者纷纷致函索求，有的还申请加入东台漫画学会。

周盛泉现在比以前忙碌多了。有人劝他："你还是一个人弄弄算了，退到二线的人何必费那么大的劲呢？"他却回答："一个人弄弄固然清闲、安逸。但这样做，有愧于党的培养，有愧于漫画艺术，有愧于自己的人生。"

1月31日，周盛泉在省美术馆举办个人漫画展，受到普通好评。

1992 年 02 月 02 日《新华日报》

"刘鹏春剧作研讨会"在扬州举行

由扬州市文化局、省文化艺术研究所《艺术百家》编辑部联合主办的"刘鹏春剧作研讨会",9月26日至28日在古城扬州举行。北京、上海、安徽、江苏的38名戏剧理论家、剧作家参加了这次研讨会。

刘鹏春现为扬州市文化局剧目室副主任。近几年来,他先后发表了《皮九辣子》《水淋淋的太阳》《龙二瞎子》等剧本。其中《皮九辣子》曾获第五届全国优秀剧本奖。

研讨会上,各地专家分别从刘鹏春剧本的题材开拓、人物塑造、结构技巧、语言特色以及审美视角、思想底蕴、创作个性等方面进行了深入的剖析与研究。

1992 年 10 月 03 日《新华日报》

南师大美术系青年教师吴为山塑像《林散之》

《林散之》是为林散之书画陈列馆创作的。这尊高 70 厘米、宽 90 厘米的塑像，以庄重的造型、深邃的眼神再现了当代书法大师的风采。

1992 年 12 月 03 日《扬子晚报》

华西村：参观者络绎不绝
华西人：忙接待收入可观

3 月 21 日，记者在江阴市华士镇华西村采访中了解到，这几天，村实业总公司总经理吴仁宝正在北京参加全国八届人代会，来华西村的参观者也越来越多，本月上、中旬，平均每天有 3500 人。特别是中央电视台播出电视连续剧《华西的故事》后，参观者一天已多达 6000 人，华西村的 10 名接待员忙个不停。不过，记者也注意到，华西村接待站印发的情况介绍不是免费赠送的，而是要参观者掏 0.8 元购买，进农民公园也需买一张 2 元的门票，这是一笔可观的收入，反映出华西人的商品意识。

1993 年 03 月 23 日《扬子晚报》

《妈妈再爱我一次》有姐妹篇
原班人马再演《豆花女》

曾经令大陆观众潸然泪下的台湾影片《妈妈再爱我一次》今有姐妹篇——原班人马出演的《豆花女》日前由峨影拍竣。

《豆花女》讲述了以卖豆花为生的妇女金枝在两度丧夫之后，含辛茹苦，养大一双儿女，不料儿子黄金鱼长大以后留学美国，在一次实验爆炸中为抢救同学而献出了生命。影片展现了殷殷母子情，如泣如诉，歌颂了母爱的崇高精神，感人至深。影片由《妈妈再爱我一次》的导演陈朱煌执导，母子俩仍由狄莺和谢小鱼扮演。

1993 年 04 月 10 日《文汇电影时报》

富安春茧喜获丰收

东台 12 日电　连续四年蚕茧产量居全国乡镇之首的东台市富安镇，今年春茧又喜获丰收。到今天为止，已收获鲜茧 750 多吨，比去年同期增长 37.3%。预计该镇蚕茧总产量可达 2250 多吨，比去年增 50%。

1993 年 06 月 13 日《新华日报》

吴为山塑像《陶行知》

10日下午，一尊陶行知半身塑像将在南京师范大学教育系楼前的苍松翠柏下揭幕。

这尊塑像是由青年雕塑家、南师大美术系雕塑工作室主任吴为山创作的。他曾以雕塑《高二适》《林散之》《萧娴》等崭露头角。

1993 年 09 月 09 日《扬子晚报》

叶兆言首次"触电"　陈凯歌筹拍《花影》

被评论界誉为"新历史小说"代表作家的叶兆言，1957 年生于南京，系大作家叶圣陶之孙。他创作的《花影》，已由著名导演陈凯歌筹拍。

叶兆言现为专业作家。曾在江苏文艺出版社当编辑，读过南京大学中文系硕士研究生。十年来，他坚持不懈地写小说，现已写成长篇小说《死水》，中篇小说集《夜泊秦淮》《采红菱》《挽歌》《去影》等 13 部 100 多万字。最近，长篇小说《花煞》又脱稿，并在《钟山》连载。

叶兆言擅长白描，讲究技法，笔下人物大多是旧官僚、旧贵族、旧知识分子、旧平民，很有个性。已获过全国中篇小说奖、《钟山》优秀文学奖、上海中篇小说优秀作品奖、《上海文学》奖、《时代文学》奖和江苏文学艺术奖。《花影》则是他的第一次"触电"。

叶兆言与陈凯歌原来并不相识，后陈凯歌经著名作家李陀和阿城介绍，并细读了他的作品，找上门来。两人先在南京侃了三天，又去北京"拉扯"了十天，一个激情且哀婉的故事便形成了。

《花影》的故事发生在20年代初的江南某小城镇。甄家好小姐的哥哥乃祥吸鸦片时，被小云下毒成为痴呆。小云是乃祥的内弟。五年后，好小姐的父亲去世。好小姐真正恋着的是小云，小云也爱好小姐。两人又恨又爱，又打又亲。出于爱，小云告诉好小姐下毒的事，好小姐大哭大闹一场后，还是选中小云成婚。但她在外放风说新郎是追她的查良钟。小云痛苦不堪，又在鸦片中下了毒。好小姐明知有毒，还是捧起烟枪，为的是让小云相信她真心爱他……

这个故事反映在充满夫权的世界里，一个女人即使拥有财富和权力，一旦有了真正爱情，成为一个真正女性时，她所拥有的一切（包括爱情）仍将化为灰烬。

圈内人士称，陈凯歌将以《花影》直冲金棕榈大奖，其他奖概不去参赛。目前女主角仍在物色之中，两个男主角已确定一个，就是他的老搭档、《霸王别姬》中的"程蝶衣"张国荣。《秋菊打官司》的摄影池小宁担任本片摄影，汤臣影业有限公司为本片的出品公司。预计明年底观众可欣赏到这部影片。

1993 年 12 月 10 日《羊城晚报》

《江苏文化名人录》着手编纂

江苏自古以来人文荟萃，但迄今尚未有汇集江苏古今文化名人的专著问世。经省有关部门共同商定，《江苏文化名人录》一书将由江苏文艺出版社出版发行。编纂工作现已着手进行。

该书收录的文化名人既有历史上江苏籍和久居江苏从事文学艺术实践的文化名人，也有当代我省在文学艺术创作、研究和在组织领导文化工作方面取得显著成果的文化名人，为文化事业的发展作出重要贡献的文化企业家也将入选。

1994 年 02 月 26 日《新华日报》、1994 年 03 月 06 日《中国文化报》

浮雕《越韵》落户"小百花"

由文化部主办的中国小百花越剧节 9 月 20 日在浙江杭州揭幕。我省青年雕塑家吴为山、胡朋、马小伟应邀设计、创作的大型青石浮雕《越韵》，不久前在浙江小百花越剧团落成，为这次越剧节增添了光彩。

　　长10米、宽2.3米的浮雕《越韵》，以中国传统的雕塑手法，将越剧中代表性的传统剧目有机地安排于其中。《五女拜寿》《西厢记》《孔雀东南飞》等剧中人物形象栩栩如生，统一在行云流水般的石刻线纹中，形象地表现了越剧这一源远流长的艺术形式。著名越剧表演艺术家茅威涛称赞此浮雕生动地表现了越剧的韵味，浙江艺术界对它的创意也给予较高的评价。

1994年10月06日《新华日报》

为改革开放经济建设和人民生命财产安全服务
我省人民保险事业取得长足发展

　　与中华人民共和国同时诞生的我省人民保险事业，45年取得长足发展。目前，全省已有6万多家企业、60多万辆（艘）机动车（船）、150.6万多公顷农作物、1000多万户家庭和2000多万人（次）在人民保险公司投保。

　　省人民保险公司自80年代初恢复国内保险业务以来，共开办了财产、人身、农村、涉外等300多个险种。在日趋激烈的市场竞争中，该公司又开发了一批适应社会需要的新险种，如新推出的产品责任保险、长寿人身保险、幸福安康保险等。据统计，至1993年底，该公司为全省各行各业、各界人士累计承担各种风险责任5200多亿元，充分发挥了经济补偿的职能作用。

国际保险则是省人保公司一直经办的"传统"业务。多年来，该公司已同150多个国家和地区的400多家保险机构建立起业务联系。在为外商投资企业提供保险服务的过程中，该公司提供了财产、人身、责任、信用4大系列30多个险种。针对我省"三资"企业和外贸出口企业分布面广的特点，该公司还打破按行政区域设置机构的框框，在一些大企业、新建开发区和保税区开设专业支公司或办事处，使服务手段更趋灵活。筹建中的苏州人民保险工业园区支公司，主动与国际保险业接轨，在保险险种、责任范围、具体操作上，都将按照国际保险惯例开展保险业务。

1994年10月23日《新华日报》

固定资产四百万　文化事业大发展
江苏兆丰文化站"创收补文"走出新路

最近，来自北京和江苏各地的八十余名文化界人士聚会江苏省张家港市，参加由江苏省文化厅、张家港市政府召开的纪念兆丰镇文化站"创收补文"二十周年座谈会，文化部部长助理高运甲出席并讲话。

1974年，原江苏省沙洲县兆丰公社文化站依靠17名文艺骨干，办起了一个"亦工亦艺"的文化工厂"钢丝锯厂"，第一年就创产值2.6万元、利润1000元，同时为农民义务演出120场，在全国开创了"以工养文"的先河。20年来，兆丰文化站已拥有固定资产400万元，完成税利880万元，其中用于发展文化事业318万元，相当于国拨经费的50倍。20年来，兆丰文化站建设总面积达一万平方米，创造了文化中心"五位一体"经验，宣传队应邀赴中南海怀仁堂演出，创作大小戏43个，曲艺作品117个，舞蹈作品37个，音乐作品81个，文学作品850篇，有61篇在全国、省、市获奖。

座谈会上，高运甲热情赞扬兆丰文化站走出了一条文经结合的路，繁荣文化的路，艰巨而光辉的路，也是文化部门永远要走下去的路。它的经验具有战略性和深远意义，符合国情、符合文化部门的实际。江苏省委宣传部副部长、省文化厅厅长潘震宙认为，兆丰的成功，是当地党政领导正确引导和文化工作者勇于探索的结果，它为江苏文化事业的发展和繁荣提供了宝贵的范例。

这次座谈会是根据文化部常务副部长高占祥和江苏省副省长张怀西的提议召开的。高占祥专门为座谈会题词："文经五彩路，华夏第一家，兆丰迎瑞雪，南国报春花。"江苏省人大常委会副主任高德正、副省长张怀西致电祝贺。

1994 年 12 月 04 日《中国文化报》

吴为山为陈白尘塑像

曾以创作"费孝通、冰心、赵朴初、萧乾、吴作人"等名人系列雕塑而闻名的我省著名青年雕塑家吴为山，不久前创作的陈白尘雕塑又分别在中国现代文学馆和南大"陈白尘纪念会"上陈列，受到行家高度评价。

1995 年 05 月 15 日《扬子晚报》

不乱 不散 不慢

《影剧文摘报》办出高质量

被称为"开张小、级别低、刊期长"的《影剧文摘报》，已连续五次在全国群众性的报评活动中荣获"十佳文摘报"称号，有多篇稿件被中国文摘报研究会评为"好板面""好专栏""好标题"，并已形成自己较为稳定的读者群，深受各阶层读者欢迎。

《影剧文摘报》是由江苏省文化厅主办的全国唯一的一家影、视、剧文摘性报纸。创刊十年来，该报始终以突出主旋律、兼顾多样性、讲求高品位、坚持高格调为办报宗旨，做到不利于四项基本原则和改革开放的文稿不选，散布离心情绪、影响社会安定的文稿不摘，格调低下、趋炎媚俗的文稿不登。他们认为，报纸必须用最好的精神食粮奉献给读者和社会，必须讲究社会效益。尽管该报经济上实行自收自支，但绝不干为单纯追求经济效益而使报纸降格的事情。

为增强报纸的可读性，该报及时选摘对读者有益、有用、利于长期保存的珍贵信息和资料；及时提供动态性新闻的背景材料，让读者了解新闻人物、新闻事件的来龙去脉；及时"采访"成千上万的报刊书籍，做到自摘稿不少于一半，改变文摘性报刊慢三拍的现象（摘慢一拍，等文稿寄来慢一拍，等出版日期慢一拍）；及时跟踪健康向上且为读者所关心的影视热点，着力使文摘类报纸由"炒冷饭"变为"炒热饭"。

该报在摘编《黄梅戏〈红楼梦〉版权纠纷》《王洛宾与罗大佑之间的纠纷》等稿件时,坚持不拉偏架,不造悬念,起到摆事实、讲道理和正面调解矛盾的作用。社会上一度流行"追星热",该报以敏锐的新闻视线察觉到这种"追星热"中所蕴藏着的消极作用,及时摘编出《"追星热"应当降温了》的整版稿件,省新闻出版局为此专门发出通报,赞扬"该期集束编发一个专题的做法,是提高文摘报刊质量的新举措"。

1995年09月13日《中国文化报》、1995年09月23日《新华日报》

一叶风帆出海来

——海安县文化工作巡礼

1994年11月，文化部常务副部长高占祥同志欣然为海安文化题辞："扬起改革风帆，形成海安风格"。

今年4月，海安县文化局局长朱永淮春风满面地从山东济南市捧回了由国家人事部、文化部联合颁发的94年度"全国文化系统先进集体"的奖牌，成为全省唯一获此殊荣的县级文化局。

海安县文化工作的魅力到底在哪里？不久前，我们慕名来到了海安。

朱永淮局长一派儒雅风度，双鬓渐白，完全是"老文化"的样子。一问，从1983年上任至今，他已干了12年的文化局长。

冒着霏霏秋雨，我们在朱永淮的陪同下一路参观。无论是在繁华而喧闹的县中心文化一条街，还是在开发新区高耸的图书馆新大楼和正在紧张施工的歌舞团实验剧院工地，我们随处感受到海安文化工作的蓬勃热潮和正在不断延伸的生命触角。

在海安文化馆，陈广连馆长不避讳早几年文化馆在经济大潮冲击下出现的危机。可他们挺住了，不仅没有丢开基层群众文化这一块，恰恰把改革的重点放到如何顺应形势，更好地为群众服务上。这一使命感和由此取得的成就，使文化馆终于脱颖而出，四次获得文化部的褒扬。

这样的成功不仅在文化馆，同样在其他文化单位得到体现。解决农民看电影难，使影剧公司的成绩单上填上了全县人均年花费1.5元就可看到24场电影的诱人数字；新华书店通过拓展乡镇基层门市部，创下了全县人均年购书12.34元的记录；而歌舞团在不少地方文艺团体"无饭可吃"的情况下，去年一年演出310场、观众25万人次，剧团不仅吃饱了，而且还有了15万元的纯收入……他们的一次次成功，终于赢得了一道道来自省和全国的耀目的光环。难怪有人说，海安文化局是名闻遐迩的"获奖专业户"。

下午的最后一站，我们来到了文化局直属企业南通鹰球粉末冶金公司，认识了总经理陈秀发。井然有序的现代化生产车间，让你充分感受到这个当年靠6000元起家的文化馆办企业发展到现在年创利税100多万元的艰辛与辉煌。

朱永淮局长说，"创建省群众文化先进乡镇"，这该算是1990年以来海安文化局投入精力最多、成绩也最骄人的"战役"。他们分层分批分重点地"大打群众战争"，由于他们摸索并推出了富有海安特色的"合力兴文模式""兴工建文模式""文经结合模式"和"水上文化模式"，今年年初，海安县昂首阔步迈入"省群众文化先进县"行列。

海安的艺术生产也令人自豪，全县每年创作成果居全市之首，在市以上发表、参赛、展出作品达600篇以上，去年达到

900 多篇，其中一部电视剧《千钧一石》获 1994 年江苏省"五个一工程奖"。

采访结束了，当我们向朱永淮局长要一份个人资料时，他竟愣住了。他为文化局留下了一叠又一叠材料、一份又一份荣誉，却从没想过为自己留一道哪怕最简单的痕迹。这多少有些令我们遗憾。

1995 年 11 月 07 日《新华日报》

王承刚眷恋话剧创作

王承刚是江苏目前最"火"的剧作家，已完成话剧剧本 10 余部，其中《热线电话》1994 年应邀参加全国话剧交流演出，轰动了首都戏剧界，被誉为本次交流演出中最精彩的剧目，并获第 5 届文华剧作奖。《路在你我之间》《疯狂的星期天》《预测灵魂》等也都先后发表或演出并获奖。

王承刚的艺术成果还涉及电影、电视领域，共完成电影剧本《测谎器》等 10 余部、电视剧本《中英街》等 60 多集，现已投拍并公映的有电影 6 部、电视剧 40 集。

王承刚自称和话剧结缘实属偶然。恢复高考的那一年，一天他随手翻报，见到一条消息，说上海戏剧学院戏剧文学系编剧专业招生，便赶快报了名。那天他只是很偶然地见到这张报纸，而且消息登在一个不显眼的地方，如果他不看这张报，或者粗粗翻一翻，那可能就没有今天的"话剧梦"了。他复习迎考的时间只有 10 天，却顺利地从 1200 名考生中脱颖而出，进入前 20 名，并在复试中一举中的。

话剧是王承刚钟爱的剧种。他认为话剧的艺术样式决定了它对题材的选择历来以现实为主。只有关注社会热点，才能打动观众。所以他从上大学二年级时就开始了话剧创作实践。《李宗仁归来》刚脱稿，就由上海青年话剧团上演。学生中能创作上演多幕话剧的，他是第一人。

1982 年他分配到省话剧团工作，不久便拿出了大型话剧《路在你我之间》，该剧连演 80 多场，观众、舆论反响热烈。造成该剧轰动的一个主要原因，是王承刚做了一次与观众交流的试验。观众进了剧场就像进了茶馆（剧中场景），有"服务员"来供应食品，舞台是开放的，演员在观众席上下场，"观众"与演员对话，"观众"想说的话正是大家想说的话。当时我国话剧舞台上还没有这种样式，它已直接为观众参与演出做了心理准备。

1984 年，王承刚出于一个剧作家的忧患意识，投入很多热情和个人体验完成《本报星期四第四版》的创作。接着，王承刚又创作了《疯狂的星期天》《沐浴者》和《预测灵魂》等。这几部话剧有的发表了没排演，有的排演了没达到预期的效果。《预测灵魂》的艺术样式有新的探索，可视可感的"地震"，若即若离的"死亡"，强烈地震撼观众的心灵，引发程度不等的自省。王承刚说他始终偏爱这部浸染自己真诚的忧患和真诚的梦想的作品，并希望有更理想的合作者把它重新搬上舞台。

以后的四年，王承刚未曾涉足剧坛。他写过电影、电视，但他的心却没有离开过话剧，那是他艺术生命的港湾，那儿的四季变化牵连着他并未沉寂的眷恋。

1993 年，王承刚终于写出"火爆"的小剧场话剧《热线电话》，面对话剧的萧条、观众的流失，他渴望通过实验和探索重新焕发话剧的生命光彩。《热线电话》在京津沪连演 100 多场，有评论家誉为小剧场的大作品、新市民戏的代表作。王承刚说《热线电话》的成功是意外的，但绝非偶然，它是剧作家观照社会、观照人生，长期思考的积累。

王承刚现在正全身心投入到大型话剧《生命》的创作之中。《生命》是以全国劳模、"五一"奖章获得者包起帆为生活原型的。该剧的艺术样式又有新的突破，即在通常意义上的表演（表演与念台词）外，加上了摇滚乐和现代舞，不说一句台词也能让人感到生命的存在。王承刚多次说没有形式就没有话剧，形式就是内容。他将在每一部作品中给人提供一些新鲜的东西，不重复别人，也不重复自己。

1995 年 11 月 11 日《新华日报》

树立改革、精品、推销、管理意识
江苏省艺术表演团体主动参与市场竞争显示活力

江苏省艺术表演团体在由计划经济向市场经济转轨的进程中，转变观念，大胆探索新的运行机制，拓宽演出市场，兴办文化产业，主动参与市场竞争，从而显示出活力。1991年以来，获全国精神文明建设"五个一工程"奖的剧目3台，获文华奖的剧目7台，晋京演出的剧目13台，演出超百场的优秀现代戏8台，其中2台超千场。19人获得文华奖和梅花奖。今年，一批新的优秀剧目又相继产生，其中有大型歌剧《孙武》、话剧《生命》、京剧《西施归越》、锡剧《红月亮》、昆剧《绣襦记》、扬剧《母亲河》、淮剧《太阳花》等。

江苏省现有艺术表演团体136个，演职员7400人，其中省直艺术表演团体6个，演职员1300人。早在80年代后期，该省艺术表演团体就在领导体制、经营管理等方面进行了初步的改革试验，这些试验冲击了吃"大锅饭"的旧体制，为建立充满生机的新体制提供了有益的经验。

为了积极探索新的运行机制，近年来，该省艺术表演团体以改革姿态，面向市场，把解放艺术生产力放在首位，在创作、演出、用人、分配等方面都进行了富有成效的努力。

创作上，他们确立了精品意识，坚持抓规划、抓题材、抓特色、抓落实，做到"思想上重视，精力上投入，经费上保证"。江苏省人民艺术剧院认为，剧目生产的基础是剧本创作，因而他们总是未雨绸缪，提早规划。今年投排的以全国劳模、"五一"奖章获得者包起帆为原型的话剧《生命》，早在1994年第一季度就对创作计划、指导思想、剧情提纲等作了充分论证；今年第一季度又着手对1996年准备上马的新剧目作了安排。正是有了这种科学规划，才保证了该院剧目生产的高质量。话剧《甲申纪事》1992年获"五个一工程"奖、文华新剧目奖等三项奖，话剧《热线电话》1994年获文华新剧目奖等四项奖，女主角张九妹因此同时获文华奖、梅花奖、白玉兰奖。苏州市滑稽剧团在剧目创作上，注意捕捉社会热点和重大题材，努力反映时代。滑稽戏《快活的黄帽子》《小城故事多》应邀进中南海献演，前者1991年获首届"五个一工程"奖、文华新剧目奖、"省政府文学艺术奖"，后者走南闯北，久演不衰，已演出1100多场。

演出上，他们确立了推销意识，努力开拓演出空间，做到城市与农村结合，舞台与屏幕结合，国内与国外结合。1993年4月，江苏省歌舞剧院举办"首届演出洽谈会"，展演了民族音乐歌舞、轻音乐歌舞、交响乐、通俗交响乐四台风格各异的节目，受到省内外100多位演出公司经理和剧场经理的一致好评，超出意料之外的170多场演出合同的签订，使该院体会到与市场经济接轨首次成功的喜悦。接着，该院积极参与市场竞争，扩大演出领域。他们除正常的计划演出和配合中心的专题演出外，利用现代演出工具，争取多种演出市场。在全国、省各类电视大赛中，他们的声乐、器乐及舞美都曾获得过奖，电台、电视台节目中，各种特邀的、专题的演出活动，总有他们频频出台。该院今年初参加中央电视台春节歌舞晚会，所创作的舞蹈《多彩的江南》《泉韵》等被选中，出场达12次。中秋节前又应中央电视台之邀赴深圳拍摄了"月是故乡明"中秋音乐晚会。近几年来，该院还先后组队出国演出，拓展了国外演出市场。丰县小凤凰剧团是个享有盛誉的剧团，曾三进中南海、一入人民大会堂献艺。今年来，这个剧团始终把农村作为演出的主阵地，有剧场时在剧场演，没有剧场时在村头搭起土台子演，有时不搭台子就在打麦场上或在树林中演，每年为农民演出300场以上，同时也取得了可观的经济效益。

　　用人上，他们提出"上岗靠竞争"的观点，搬掉铁交椅，推行全员聘用制和契约管理。无锡市歌舞团按照"平等自愿、择优上岗、合理配置"的原则，在全团范围内，自上而下，层层聘用。团长聘中层干部，中层干部聘演职员。凡是受聘上岗的，都要签订岗位责任书。结果85人中有72人受聘，13人下岗。对下岗人员，区别对待，一种是内退，一种是从事副业经营，再不合适的则待聘。盐城市淮剧团是一个县级剧团，他们在发展入党、提干、评定职称、解决住房、推荐参加政协、当选人大代表和评选省市劳模等方面，让该团主创人员充分体会到组织上尊重人才的一腔热忱，该团主创人员、演职员携手合作，佳作迭出。淮剧《鸡毛蒜皮》获第9届"飞天奖"提名奖，淮剧《是是非非》1994年获江苏省精神文明建设"五个一工程"奖。

分配上，他们提出"收入看贡献"的观点，打破"大锅饭"，实行"量化工作，以绩定酬"。南通市话剧团在保证基本工资外，设立了"上岗工资"和"效益工资"。江苏省淮剧团对演出一、二团分别实行"场次补助式"和"津贴自创式"，演出一团每演出一场补助400元，全年演出超过200场，每场奖励50元；演出二团全年演出指标120场，拨给60%的基本工资，津贴部分在演出收入中解决，剩余部分可自行支配。

江苏省艺术表演团体在所有制形式和经营方式上，还创造了一些灵活的做法。宿迁市艺术团在基础设施投入、演出设备管理、住房制度改革等方面试行股份制，改善了艺术团生存环境，并达到出戏、出人的目的。今年起，他们还对分配来的20多名戏校毕业生实行股份制管理。无锡市滑稽剧团、灌南县淮海剧团在剧团内外培养经纪人，前者主动聘请江浙沪地区的有关部门为剧团的演出业务经纪人，签订组织实施演出的协议，后者从团长到演员个个都是经纪人，这样既能保证正常演出，又增加了演职员的经济收入。如皋市木偶艺术团建立职工大会制度，民主选举大会主席，全团战略性的决策必须经职工大会讨论通过方可实施。剧团行政管理人员每年必须向职工大会述职，接受职工大会的评议，剧团的财务情况也必须交职工大会审查。南通市话剧团实行产权与经营权分离的三种承包演出形式，即风险、目标、租赁承包演出。这种承包演出队具有较强的独立性，类似于电影、电视独立制作人制度，尤其是风险承包演出，自选剧目、自筹资金、自主经营，具有相当程度的主动权和适应性。1993年该团风险承包队自选剧目一台、自创剧目一台，共演出136场，为剧团创收10万元。

在坚定而稳妥地推进改革的同时，江苏省艺术表演团体还十分重视管理工作。他们认为，改革认识的统一要靠管理来加强，改革的深化要靠管理来保证，改革的成果也要靠管理来维护。这几年，江苏省歌舞剧院、江苏省淮剧团、南京市民乐团突出抓了规章制度的建立，江苏省人民艺术剧院、苏州市滑稽剧团突出抓了队伍的建设，扬州木偶剧团、淮阴市京剧团突出抓了文化产业的发展，使管理工作走上正轨，形成了"创作、演出、管理、发展"的良性循环。

1995年12月03日《中国文化报》

专题片《孔子与中国》发行看好

15集电视专题片《孔子与中国》是迄今为止我国第一部试图全面反映孔子生平、思想的大型专题片。它以跨世纪的视角，对孔子及以儒学为主体的中国传统文化进行分析和反思。在对孔子的"仁""礼""中庸"等思想的合理内核给予充分肯定的同时，做到有批判地继承、正确地评价孔子及儒家文化。在片中，孔子不再是一位圣人，而被还原为一个有七情六欲和喜怒哀乐、有功有过的"布衣孔子"。

该片由江苏影剧文摘报社、南京电影制片厂、山东曲阜市人民政府等单位联合摄制。已故著名学者、孔子研究专家匡亚明和江苏省人大常委会副主任王霞林任总顾问，江苏省文化厅厅长季根章、著名剧作家王鸿、江苏省文化厅副厅长尹明任总监制。曲阜师范大学青年学者杨佐仁为该片的主要撰稿人，其所著的《孔子传》1988年被评为全国图书"金钥匙"一等奖。国家一级导演邱中义担任导演。中央实验话剧院一级演员张家声为该片解说。

《孔子与中国》拍摄过程中及面世后，受到全国新闻媒介的热切关注。新华社、中新社、《人民日报》等100多家新闻媒体相继作了报道。1997年10月，《孔子与中国》刚拍竣，就应邀参加了"四川国际电视节"。《孔子与中国》以其独特的题材、朴素的表现形式、较高的思想魅力和文化品位受到青睐。中央电视台、上海电视台、山东电视台、中国国际电视总公司、北京三辰文化传播公司及新加坡、韩国、日本等客商均对该片产生了浓厚兴趣，有关电视片的播映、录像和VCD的出版事宜正在进一步洽谈之中。目前，该片国内发行权已被南京卓艺文化商务有限公司独家买断。

1998 年 03 月 25 日《中国文化报》

吴江市兴建"三大文化工程"

10月9日，江苏省吴江市文化艺术中心、吴江博物馆同时动工兴建。在此之前，吴江市图书发行中心已先行动工兴建。这三项文化工程被吴江市委、市政府列为今年的"实事工程"，其兴建标志着吴江市的文化建设将跨上一个新的台阶。

1995年以来，吴江市两级政府用于文化设施建设和文物保护维修的资金达4000万元，文化设施显著改善，一大批文物古迹如退思园、白龙桥、运河古纤道、慈云寺等得到了有效保护和合理利用。

这次动工兴建的吴江市文化艺术中心，占地面积3500平方米，建筑面积7000平方米，计划投资1000万元，建成后将是吴江市一座综合性、多功能、现代化、开放型的大型群众文化活动设施。吴江博物馆占地面积 1216 平方米，建筑面积 3653 平方米，计划投资 500 万元，建成后将是吴江市一座具有综合性展示功能的中小型博物馆，并与该市已建立的丝绸馆、钱币馆、碑刻馆等一批博物馆群落一起，把吴江市的丰厚历史积淀和文化底蕴充分展示给世人。已于今年 4 月动工兴建的吴江市图书发行中心，占地面积 1150 平方米，建筑面积 5100 平方米，计划投资 700 万元，建成后将在全省县（市）级新华书店中处于领先地位。以上三项文化工程将于明年相继竣工，届时将为新中国成立 50 周年和迎接新世纪献上一份厚礼。

江苏省文化厅厅长季根章、副厅长尹明，吴江市委书记沈荣法、市长汝留根等参加了吴江市文化艺术中心、吴江博物馆工程奠基仪式。

1998 年 10 月 15 日《中国文化报》

以"三下乡"为契机，江苏全面推动农村文化工作

在今年的"三下乡"工作中，江苏省文化厅改变过去"三下乡"活动的老形式、老内容、老方法，要求以"三下乡"为契机，寻找、建立江苏农村文化工作的新支点。

省文化厅要求今年的送戏、送书、送电影下乡，除了承担让农民兄弟过一个欢乐祥和、丰富多彩的元旦、春节任务之外，还要承担繁荣农村文化、切实加强农村社会主义精神文明建设的重任，摸索新形势下农村文化工作的新路子。根据这一要求，全省各文化单位抓住"培育文化市场、检验新作品、普及群众文化、培养文艺骨干、加强文化基础设施建设、建立根据地"等几个环节，对"三下乡"进行深化。

省歌舞剧院精心策划、编排了具有鲜明地方特色、时代精神和示范性强、辐射功能大的节目，将于近日沿苏北高速公路慰问演出。省扬剧团组织了80人的演出团队，拟于年初五赴江都、仪征等地的"娘家"省亲，并准备于3月、6月、10月到苏南、苏北农村巡回演出。省人民艺术剧院、省京剧院、省锡剧团也将派出精干力量参与全省的慰问演出。省京剧院今年除送戏到泰州、泰兴等京剧基地外，还将送戏到高淳、溧水及安徽的当涂县，演出20至30场，为扩大演出市场打基础。1998年，江苏新创作了80多台新剧目，在今年的"三下乡"中，这些节目将大多

拿到基层展演，听取基层群众的意见，接受基层群众的检验。

　　江苏各地的文化馆、站在今年的两大节日中，将坚持天天开放并组织业余演出，努力做到"县县有会演、乡乡有队伍、村村有演出"。江苏长江影业公司春节前将组织200个新拷贝下乡，确保春节期间为全省农村每村放一场电影。为了推动农民读书、用书活动的开展，江苏省正在进行大规模的送书下乡和捐书助农活动。

　　今年省文化厅给各文化单位的"下乡"工作做了硬性规定：省直艺术表演团体每年下乡的演出场次不低于全年演出场次的30%，市、县级艺术表演团体不少于全年演出的50%；争取全省每个村每个月放映1场电影；大力发展乡镇万册图书馆和村千册图书馆，百万人口以上的县要大力发展汽车图书馆，为偏远的农村群众服务。

　　　　　　　　　　1999 年 01 月 16 日《中国文化报》

江苏文化局长会议确定今年为
优秀作品展示年、重点作品加工年

1月28日至30日在南京召开的江苏省文化局长会议,把1999年确定为优秀作品"展示年"和重点作品"加工年"。省委副书记顾浩、副省长金忠青到会,顾浩在会上讲话。

会议提出江苏今年文化工作的总体要求是高举邓小平理论伟大旗帜,突出多出优秀作品,向新中国成立50周年献礼、迎接第六届中国艺术节这个主题,抓好重点剧节目的展示和加工,做好第六届中国艺术节的筹备工作,深化改革,加强管理,全面推动文化工作和文化事业的新发展,加快文化大省的建设步伐。会议决定今年4月举办全省第五届锡剧节,5月举办全省第三届戏剧节,9月举办全省第三届曲艺节,国庆节举办大型文艺晚会和大型美展,11月举办全省第四届音乐舞蹈节,年底举办庆祝澳门回归文艺活动。

顾浩在讲话中强调,要集中精力做好第六届中国艺术节的各项准备工作。他说,创作生产一批优秀作品是迎接艺术节所有工作的重中之重,要争取创作出一批像《骆驼祥子》一样的优秀作品。

会议还对去年在全国重大文艺活动中获奖的文艺作品、有功单位和个人予以表彰。

1999年02月04日《中国文化报》

张家港市文化设施建设迈出大步

近年来，江苏省张家港市委、市政府加大对文化基础设施的投入，有力地促进了全市文化事业的发展。

市委、市政府以争创首批全国文明城市为契机，切实提高认识，加强对文化工作的领导，加大对文化事业的投入。1997 年底，投资 1560 万元兴建市博物馆，投资 1000 万元改造扩建市大众影剧院。目前，两项重点文化工程进展顺利，市博物馆主楼和技术办公楼框架已基本完工，大众影剧院一层主体改造扩建工程也已完工，今年 6 月和 9 月将分别交付使用。最近，市委、市政府又决定投资兴建市图书馆新馆，有关规划和选址工作正在进行之中。

文化基础设施建设热潮也在张家港市乡镇农村兴起。扬舍、南沙镇都腾出了闹市区的楼房划归文化站，并投入数十万元进行改造装修。全市 26 个镇文化站阵地面积 5.67 万平方米，平均每站达 2200 平方米。

1999 年 03 月 13 日《中国文化报》

苏州加大文化建设力度

江苏省苏州市委、市政府近年来进一步加大投入，建设一批适应跨世纪发展需要的标志性文化设施。

总投资达 6000 万元的苏州市图书馆新馆工程筹建工作已于去年 11 月份全面启动。作为 2000 年第六届中国艺术节的分会场，苏州市正加快演出场馆的建设和改造。初步确定的苏州市人民大会堂、开明大戏院等演出场馆的整修改造工程已全面展开。作为备用演出场馆的苏州市科技会堂正在抓紧筹建。苏州乐园剧场、苏州大众娱乐城等一批场馆，也在投资更新设备，改善环境。

1999 年 03 月 23 日《中国文化报》

江苏确立文物工作任务
抓点带面重实效

3 月 10 日至 12 日，江苏省文物工作会议在南京举行。来自全省各市文化局的分管局长、各市文物管理委员会办公室主任和各市主要博物馆、纪念馆的负责同志计 70 人出席了会议。会议总结了江苏 1998 年文物工作，并对今年全省文物工作进行了全面部署。

省文化厅厅长季根章提出，文物工作将着重抓好五个方面的工作：加强理论学习，开展调查研究，积极探索新时期文物工作的发展规律，推动文博事业跨世纪发展；加强基础工作，实行规范管理，促进文物保护管理工作再上新台阶；强化博物馆设施建设，增进馆际区域间的工作交流，推动博物馆陈列艺术精品化的进程；以人为本，以科研为杠杆，加快文博人才培养和人才队伍建设步伐；树立忧患意识，全面抓好文物安全工作。同时，进一步与公安、海关、工商等部门通力合作，严厉打击文物走私犯罪活动，严格把好文物拍卖关。

会议还表彰了全省1998年度文博系统先进集体、个人和1997年、1998年度"郑振铎一王冶秋文物保护奖"获得者。

1999年03月25日《新华日报》

江阴发现一处古文化遗址

4月3日，由南京博物院和无锡、江阴市博物馆专家组成的考古队，对江苏省江阴市云亭镇花山村境内的一处面积约10万平方米的古文化遗址进行了抢救性发掘。发掘面积498平方米，发现灰沟2条、灰坑14座，出土陶片3万余片、石器51件、冶炼青铜块1件。考古发掘表明，早在夏商时期这里就是一个重要的南北文化交汇点。花山遗址发掘之前，在上海马桥遗址、南京北阴阳营遗址、常熟钱底巷遗址中曾发现小件青铜器，此次花山冶炼青铜块的发现，再次提示人们对南京青铜器的起源时间和发展水平要作新的评估和认识。

1999 年 04 月 08 日《中国文化报》

常州市艺术生产出现可喜景象
在第三届江苏省戏剧节上佳剧迭出

在日前举办的第三届江苏省戏剧节上，由常州市创作演出的滑稽戏《我要做好孩子》，锡剧《少年华罗庚》《窦娥冤》《七步桥》，赢得专家和观众的一致好评。

滑稽戏《我要做好孩子》是该市一级编剧张宇清根据黄蓓佳的同名小说改编的，是一部贴近学生生活的戏，以一群小学六年级学生为观照对象，表现出在应试教育体制下学生、家长的喜怒哀乐。锡剧《少年华罗庚》着力表现华罗庚自强不息、勤奋刻苦的学习精神。为了适应青少年的观赏口味，编剧八易其稿，导演也大胆突破传统锡剧的限制，将道白由吴方言改成普通话，采用无场次结构，在音乐创作上则强调了流畅明快，受到青少年观众喜爱。锡剧《窦娥冤》的主要演员唱、念、做、表颇见功力，尤其是用水袖、甩发等外在动作表达内心激情的艺术处理，更博得观众如潮的掌声。锡剧《七步桥》抓住了如何善待老人这一社会热点问题，展示了多组人物之间复杂的感情纠葛，告诉人们老年人不仅需要物质赡养，更需要精神给养。

　　常州是第三届江苏省戏剧节参演剧目最多的市。能取得这么好的成绩，用常州市文化局局长吴伯瑜的话说，是他们围绕建设文化大省、备战明年第六届中国艺术节，在剧目生产、人才培养和开拓市场上加大了组织力度的结果。《我要做好孩子》自今年5月以来已演出40多场；《少年华罗庚》去年上演，至今已演出270场，今年下半年的演出合同也早已订满；《窦娥冤》演出超过200场；《七步桥》演出近50场。

1999 年 06 月 19 日《中国文化报》

向国庆 50 周年献礼　备战第六届中国艺术节

第三届江苏省戏剧节取得丰硕成果

历时 16 天的第三届江苏省戏剧节于 6 月 22 日降下帷幕。

江苏省京剧院的现代京剧《骆驼祥子》、盐城市淮剧团的淮剧《来顺组长》、江苏人民艺术剧院的话剧《世纪彩虹》、泰州市淮剧团的淮剧《板桥应试》等 12 台剧目获优秀剧目奖，江苏省锡剧团的锡剧《七月雨》等 17 台剧目获新剧目奖，钟文农、石玉昆、陈霖苍、黄孝慈、周丽霞等分获编导演和舞美、灯光、服装、造型、道具等单项奖。闭幕式由江苏省文化厅厅长季根章主持，江苏省副省长金忠青、中国剧协副主席何孝冲讲话。

第三届江苏省戏剧节是该省历届戏剧节中规模最大、质量最高的一次戏剧盛会。前两届戏剧节分别有 17 台、19 台剧目参加，到本届戏剧节已发展到有 29 台剧目参加评奖演出，1 台剧目参加祝贺演出。何孝冲、白淑贤等专家、艺术家观摩本届戏剧节后认为，戏剧节大多数作品注重了思想性、艺术性和观赏性的统一，主题鲜明，格调清新，既寓教于乐，又给广大观众以十分美好的艺术享受；剧目题材丰富，形式多样，多有艺术追求；戏剧节有近三分之二的作品是现代戏，它们源于生活，通俗生动，与观众十分贴近。不少作品能触及时弊，颂扬正气，直面人生，给人以深刻的启示。不论是省市级剧团，还是县级剧团，都涌现出一批很有发展潜力的艺术新秀。

　　这一届戏剧节是江苏积极筹办好明年第六届中国艺术节的一次重要的练兵。所有参演团体在当地党委、政府和宣传、文化部门的关心、支持下，精心组织，全力以赴，把自己的剧目在最好的舞台上奉献给广大观众。一批优秀剧目和具有较好加工基础的新剧目在这里涌现。戏剧节各个工作部门和各参演团尽心尽责，相互支持，在演出、宣传、接待和观众参与等方面，为明年承办第六届中国艺术节积累了一些经验。

1999 年 06 月 24 日《中国文化报》

改革创作、演出、投入机制
江苏艺术表演团体用精品赢得市场

　　经济实力较强的江苏省，自 1996 年年底省委、省政府提出了"建设与经济发展相适应的文化大省"的奋斗目标后，大胆进行艺术表演团体的机制改革，加快艺术产品走向市场的步伐，取得显著成果，一批优秀舞台作品如滑稽戏《一二三，起步走》、京剧《骆驼祥子》等，既获多项大奖又广受群众欢迎。

　　江苏省艺术表演团体十分注重艺术创作上的外引内联和资源重组。省京剧院为创作演出现代京剧《骆驼祥子》，打破地域局限，邀请院内外、省内外专家进行论证，主创班子云集了江苏、甘肃、北京、上海等地的优秀人才，其外引内联、优化组合的操作方式显示了巨大的优越性，该剧在今年初第二届中国京剧艺术节上荣获金奖。省歌舞剧院辖有歌剧团、舞剧团、交响乐团、民乐团、曲艺团等五个艺术表演团体，为增强走向市场的整体实力，该院对各剧团进行艺术资源重组，各剧团只保留基本演出阵容，院成立统一调度的艺术创作室、舞美部等。一体化的创作管理，集中的人财物调动，使该院生产出歌剧《孙武》等力作。无锡市歌舞团创作演出的舞剧《阿炳》，导演和主要演员均来自全国。该剧已被文化部列为全国重点剧目，将进京参加国庆50周年献礼演出。

主动出击市场、投入产出挂钩也是该省艺术表演团体机制改革的重点。他们除积极参与一年一度的华东六省一市演出洽谈会外，每年都从全国各地请来演出中介单位或个人看样订货。根据市场需要，该省可提供不同剧种、不同表演方式的演出品种，大到交响乐，小到评弹，以选择余地大、市场适应能力强的优势，将触角延伸到全国各地。苏州市滑稽剧团创作演出的滑稽戏《一二三，起步走》，荣获文华大奖后仍演出不停，加上跨越省界演出，场次共达2000场，创造了可观的社会效益和经济效益。

江苏省目前每年下拨省直、艺术表演团体专项创作经费600万元，对所创剧目不平均用力。经过严格论证，对预期社会效益与经济效益较好的重点剧目给予每部 30 万至 50 万元的投入。院团在运用这笔投入时也精打细算。《骆驼祥子》就是省京剧院用一年时间论证了 20 多个本子后才拍板重点投排的。此外，无锡市歌舞团创作演出的舞剧《阿炳》、连云港市歌舞团创作演出的舞剧《云港云》也都采用了股份制合作的办法，良好的经济效益已初步显现出来。

1999 年 07 月 17 日《中国文化报》

江苏建设文化大省取得阶段性成果

自 1996 年 10 月江苏省委九届五次全委扩大会提出建设与经济发展相适应的文化大省以来，全省文化事业出现了进一步繁荣发展的景象。

近三年来，江苏先后举办了第二届戏剧节、曲艺节，首届美术节，第三届淮剧节，第二届淮海戏节，第三届声乐比赛，第二届"独双三"舞蹈比赛，第五届锡剧节、杂技比赛，第三届戏剧节、曲艺节，第四届音舞节等。其中第三届戏剧节发动面之广、参演作品之多、作品水准之高，是历史上空前的。所有这些活动，有力地推动了优秀作品的创作和磨炼，涌现出滑稽戏《一二三，起步走》、京剧《骆驼祥子》、话剧《世纪彩虹》、舞剧《阿炳》、歌舞《好一朵茉莉花》等一批在全国较有影响的优秀剧（节）目，并不断开拓演出市场，为优秀作品面向社会提供服务。去年江苏剧场演出总场次达 28430 场，在全国取得"八连冠"的好成绩。

文化设施数量有相当增长。省标志性文化工程南京博物院艺术陈列馆于去年 9 月 26 日建成开放。这期间，还完成了江苏剧院建设前期准备工作和省人民剧场、省昆剧院、省戏校、省美术馆等维修改造工程。各市县也都新建扩建了一批文化设施，如扬州图书馆、无锡图书馆、泰州海军诞生地纪念馆、徐州博物馆、淮阴博物馆、常熟博物馆、张家港博物馆等。

在全国率先开展了创建群众文化先进县（市、区）活动，到目前，江苏有全国文化先进县 28 个，在全国名列第一。有 27个公共图书馆被命名为国家一级馆，位居全国前列。有全国民间艺术之乡 15 个，亦居全国前列。

几年来，江苏坚持按照党中央提出的"一手抓繁荣，一手抓管理，促进文化市场健康发展"的方针，对全省文化市场管理人员培训了 3000 多人次；对从业人员培训了 4 万多人次。江苏娱乐业费税改革的经验被文化部在全国推广。

2000 年 04 月 18 日《中国文化报》

立足两个文明协调发展和文化大省建设

江苏：乡镇文化站明确为全民事业单位

近日，江苏省机构编制委员会办公室研究决定，同意省文化厅提出的明确乡镇（街道）文化站为全民事业单位，按照机构编制分级管理的原则，由各市机构编制部门根据本地实际情况，核定乡镇（街道）文化站的编制。鉴于全省即将开展市、县、乡党政机构改革，乡镇区划调整后事业单位也将作调整，各市将在乡镇机构改革时，解决文化站的定性定编问题，设置综合性的文化事业机构。

乡镇文化站是农村社会主义精神文明建设的重要阵地。改革开放以来，特别是90年代以来，在省委、省政府的重视和关心下，江苏农村文化站有了很大发展，在丰富群众文化生活、提高劳动者素质、促进农村两个文明建设方面发挥了积极作用。但是，由于种种原因，全省文化站的定性定编问题一直未能统一解决，这一历史遗留问题已经成为当前直接影响全省乡镇文化站生存发展的根本问题。据了解，江苏省现有文化站2045个，正副站长2322人，除苏州、镇江、阜宁、通州等少数市、县自行明确了文化站全民事业性质和人员编制，并先后将文化站长转为国家干部或招聘干部外，大多数市、县文化站的性质、编制及人员待遇仍悬而未决。有些长期在文化站工作的同志已处于被清退或正面临清退的困境，生活得不到保障。尤其是今年8月如皋市机构编制委员会发出《关于乡镇事业单位机构编制调整等有关问题的通知》，把文化站列入撤销的行列后，一些乡镇已开始将文化站人员单独划出，不再安排工作任务，也不再按现行工资标准发放工资，有三个乡镇作出现有文化站变卖的决定。

对文化站建设问题，江苏省委、省政府一直很重视。省委副书记顾浩针对当前农村文化站存在的问题，指出："农村文化站的建设是关乎江苏文化大省建设和社会主义精神文明建设的一件大事。此次提出的问题，请省编办抓紧研究。"省委常委、宣传部部长任彦申要求："基层文化站建设起来不容易，而散起来并不难。应从长计议，避免反复，希望文化厅会同省编办等单位，从两个文明建设协调发展和建设文化大省的目标出发，就文化站的性质、功能、编制、待遇等问题，找出一个长治久安、可持续发展的解决办法。"

2000年11月21日《中国文化报》

江苏文化工作会议要解决五个问题

为了认真总结 1996 年年底以来江苏文化大省建设的基本情况、主要经验和存在的问题，分析文化发展面临的机遇和挑战，制定文化大省建设规划和文化经济政策、文化产业政策，以思想大解放推动全省文化工作在新世纪的大发展，江苏省委、省政府决定 5 月召开全省文化工作会议。日前，各起草小组已形成文件讨论稿，正广泛征求意见，不久将提交省委常委会和省长办公会议讨论确定。

江苏省委副书记、宣传部部长任彦申提出，全省文化工作会议要着力解决事关全省文化建设全局的五个问题：一是认识问题。通过文化工作会议，在全省自上而下进行一次思想大解放，使各级领导干部对文化的价值、功能和定位有一个新的认识。二是规划问题。制定出台江苏文化大省建设规划纲要。三是政策问题。从实际出发，创造性地贯彻落实国务院下发的有关政策，借鉴兄弟省市的先进经验，认真研究制定江苏省的文化经济政策和引导、扶持、规范文化产业发展的相关产业政策。四是体制改革问题。争取在择优扶强、做大做强做优优势文化产业上取得突破。五是人才问题。着力解决培育一流人才、发现一流人才、吸引一流人才、用好一流人才的政策和机制问题。

为了做好筹备工作，这次会议还成立了筹备工作领导小组，由省委副书记、宣传部部长任彦申担任组长，副省长王珉担任副组长。任彦申还率队赴上海、浙江等地考察学习。

2001 年 04 月 19 日《中国文化报》

努力当好先进文化的代表
——访江苏省文化厅党组书记、厅长季根章

日前，记者就认真学习、深刻领会江总书记"七一"重要讲话精神，当好先进文化的代表，力求江苏文化工作的创新和突破，采访了江苏省文化厅党组书记、厅长季根章。

季根章说，江总书记在"七一"讲话中强调指出，坚持什么样的文化方向，推动建设什么样的文化，是一个政党在思想上精神上的一面旗帜。"三个代表"的重要思想，是江总书记面对新的历史任务，总结过去，规划未来，进行新世纪文化战略思考得出的科学结论，它为广大文化工作者在新时期努力当好先进文化的代表提供了理论指南。

季根章认为，当好先进文化的代表，必须深刻认识"始终代表中国先进文化的前进方向"是我们党的先进性的质的规定，深刻认识文化工作者肩负的历史重任。我们必须从保持党的先进性，完成新时期历史使命的高度充分认识发展先进文化的极端重

要性，从而自觉地当好先进文化的建设者和传播者。

季根章说，当好先进文化的代表，必须坚持和巩固马克思主义、毛泽东思想和邓小平理论在文化领域的指导地位，坚持马克思主义与时俱进的革命品格。当好先进文化的代表，必须坚持在继承中发展，在发展中创新。文化的创新发展，必须积极倡导科学精神，自觉地适应生产力发展的要求。文化的创新发展，必须坚持在继承的基础上创新，努力保持民族文化的独立品格。文化的创新发展，还必须面向世界，吸收借鉴人类一切优秀的文化成果。

季根章说，最近江苏省委、省政府又一次召开了全省文化工作会议，对新世纪之初的文化大省建设作出了规划，提出了新的更高的要求。季根章强调，先进文化的建设是一个渐进和不断积累的过程，当好先进文化的代表，必须认真贯彻精神文明重在建设的方针，加快文化大省建设。他说，对照"三个代表"的要求，我们的差距还很大。我们要进一步解放思想，深化文化领域的改革，推进体制、机制创新，解决好制约文化事业发展的瓶颈问题。坚持把多出优秀作品作为文化工作部门的中心任务来抓，唱响社会主义文化的主旋律，大胆探索多样化的艺术风格、艺术形式和表演手段；把加快发展文化产业作为建设文化大省的突破口，大胆调整文化产业所有制结构，充分利用各种社会资源共同办文化；完善和落实文化经济政策，加强对文化产业的扶持；择优扶强，大力发展演出业、文化信息科技业、艺术教育培训业等，力争形成一批有市场潜力和经济实力的龙头企业，带动全省的文化产业上新台阶；适应城乡新形势，繁荣基层文化，为先进文化的前进和发展奠定基础；推进特色文化建设，充分发掘和利用历史的、地域的、现代的多种文化资源，形成各具特色的文化形态，满足人们日益增长的精神文化需求；把人力资源作为第一资源，加快建设文化人才高地；有计划、有步骤地建设好一批体现当代科技水准和文明程度的标志性文化工程；努力掌握和发展各种现代化传播手段，积极推动先进文化的传播。

2001 年 09 月 13 日《中国文化报》

1.7亿投向乡镇文化站
江苏全面构建农村公共文化服务体系

近日，江苏省人民政府办公厅就今年上半年全省"农村新五件实事"进展情况发出督查通知，其中包括江苏省农村文化建设工程。根据该省文化厅、财政厅制定下发的工程方案，三年内江苏将全部解决农村乡镇文化站无房和面积不达标的问题，为此，省财政设立了专项资金，三年经费总和将达1.7亿元。与此配套进行的是，江苏省对基层文化站体制、机制及进一步建立农村文化建设的长效机制，进行了具有创新意义的探索。以抓乡镇文化站建设为突破口，切实加强农村文化建设，成为该省全面构建农村公共文化服务体系的重要举措。

近年来，随着乡镇机构改革和小城镇建设步伐的加快，江苏部分地区农村文化阵地出现滑坡的现象。在苏北等经济欠发达地区，农民群众缺乏文化生活，看书难、看电影难、看戏难、开展活动难现象仍然存在。对此，江苏省决定，用三年时间全面建设乡镇文化站，确保全省所有乡镇文化站建筑面积不少于500平方米。今年，省政府已将改变50个无房文化站、150个面积不达标文化站列为全省"农村新五件实事"之一加以落实，同时还在全省实施了送书、送电影、送戏下乡工程。

为了扎实推进乡镇文化站建设，江苏省采取了多方面的有力措施。他们将此项工作确定为省文化厅全年工作的重中之重，厅机关处室及各直属单位都与基层建立了挂钩联系。在全省乡镇文化站建设工作动员会上，省文化厅、财政厅与有关县（市、区）的领导签定责任书，其中明确：基层文化建设的主要责任在县级政府，基层文化建设列入县级领导任期目标责任制考核内容；县、乡政府要把乡镇文化站建设资金列入财政预算，打足盘子，不留缺口；原有文化站已被拍卖的，必须限期自筹资金重建或购置，挪作他用的必须在今年内尽早收回；每月一次对乡镇文化站建设进展情况及时向市、县政府通报。同时将赴农村、基层演出的指标量化，纳入艺术专业职称晋升的重要考评内容，规定今后未参加为农村、为基层演出的演职人员，不能申报高一级艺术职称……

上半年，连云港市率先启动乡镇文化站建设，将乡镇文化站建设工程纳入县（区）年度考核目标，同时出台了对全市各新建乡镇文化站每个奖励 6 万元、改扩建乡镇文化站每个奖励 3 万元的扶持政策。淮安市是全省乡镇文化站建设任务最重的市，今年一年就需要新建和改扩建 52 个文化站。淮安市政府在市财政不是很宽裕的情况下，仍然采取以奖代补的方式，制定了给如期完成建设任务的乡镇文化站每个奖励 3 万元的扶持政策。赣榆县政府决心提前一年完成全县乡镇文化站建设任务，出台了新建站每个奖励 5 万元、改扩建站每个奖励 3 万元的配套政策，13 个乡镇文化站已动工兴建。扬州市邗江区尽管不属于省扶持范围，但区政府对全区"十一五"基层文化建设提出了更高目标，要求全区 11 个乡镇（街道）全部按照去年省委宣传部、省文化厅乡镇文化站标准化建设工程试点工作的要求建站，他们将给每个新建文化站 20 万元补助。大丰市对乡镇文化站建设面积也提出新要求，规定不少于 700 平方米，建成后市政府每个补助 30 万元。

与基层文化设施建设配套进行的，是从去年开始的江苏省乡镇文化站（活动中心）标准化建设工程试点工作。选取了不同地域的 17 个乡镇文化站，在确保公益性的前提下，试行了公有民营、股份合作和目标责任制三种运行机制。试点中省下达扶持资金 510 万元，市、县配套资金 325 万元，乡镇自筹资金 5860 万元，吸纳社会资金 470 万元。建筑总面积近 3.8 万平方米，其中 2000 平方米以上的文化站有 9 个，占一半以上。试点乡镇文化站建成开放后，正在以完善的功能、优良的服务和丰富的内容，满足广大农民群众的精神文化需求。

农村公共文化服务体系是一个多层次、多方面、综合性的体系和网络。在新形势下，江苏构建全面的农村公共文化服务体系，除了加强阵地建设——县有两馆，乡有一站、村有一室外，还在服务内容——送书、送电影、送戏下乡工程，服务手段——文化信息资源共享工程以及好的机制作保障上进行了探索。目前，江苏已实现县县有文化馆、图书馆。送书、送电影、送戏下乡工程今年开始实施。文化信息资源共享工程实施近四年，建成江苏文化网和 351 个基层服务点。为建立农村文化建设的长效机制，江苏省正在研究制定《文化馆、文化站管理办法》《江苏省文化先进乡镇评选标准》及实施方案，有关农村文化建设的指标体系、监督考核体系及相关政策也将逐步完善。

2006 年 08 月 01 日《中国文化报》

江苏乡镇文化站建设工程初显品牌力量
一年建成 262 个文化站

由江苏省文化厅、财政厅组织的对乡镇文化站建设工程的检查验收日前结束。至 2006 年 12 月 15 日，省政府下达建设任务 200 个，其中无房文化站 50 个，不达标文化站 150 个，现已建成 216 个，其中无房文化站 63 个，不达标文化站 153 个，为任务数的 108%。此外，在 620 个无房和不达标文化站范围内，一些地方虽然没有得到省财政补助，也建成了一批文化站，共 46 个。

一年来，为了切实保证 2006 年乡镇文化站建设工程任务的圆满完成，省文化厅、省财政厅认真规划，周密部署，明确责任，狠抓落实。成立了由省文化厅厅长章剑华为组长，副厅长王慧芬、省财政厅副厅长江建平为副组长，两厅相关处室负责人为成员的领导小组。两厅共同研究制定了《江苏省乡镇文化站建设工程实施方案》，召开了全省乡镇文化站建设工程动员部署大会，与有建设任务的 32 个县（市、区）政府分管领导签订了《乡镇文化站建设责任书》。省文化厅还建立挂钩联系点制度，厅机关处室和有关直属单位均负责挂钩联系一个市，对乡镇文化站建设全过程进行督查和指导。

省文化厅多次召开厅长办公会专题研究乡镇文化站建设工作。章剑华及所有厅领导多次深入基层调研，检查指导乡镇文化站建设。2006 年 5 月，厅机关挂钩处室和单位对签约乡镇逐一察看，与地方政府、市县文化主管部门一起审核建设方案，实地了解情况，对选址、功能设置、工程方案严格把关，对发现的问题及时提出整改意见，并两下基层，督查建设进度和配套资金落实情况，与市、县两级党委、政府沟通，落实相应的配套政策。8 月，集中组成 6 个小组，由全体厅领导率队，对签约乡镇文化站特别是 33 个未开工建设的乡镇文化站进行督查，并以两厅名义，对乡镇文化站建设进展情况作了通报。10 月，再次对少数工作不力、问题突出的县、乡进行督查。12 月，两厅组织了检查验收。

在资金扶持上，省文化厅、省财政厅原定对无房文化站建设补助为每个 30 万元，对面积不达标文化站建设补助为每个 10 万元，明确视面积差额和改扩建工程量作适当调整。省文化厅经过深入调查认为，面积不达标文化站建设的难度很大，相当多的不达标文化站实际上只有一二百平方米，甚至几十平方米，大都需新建或购置。为此，省文化厅及时与省财政厅沟通，向省委、省政府反映，增加扶持力度，扩大扶持范围。省委常委、常务副省长赵克志，副省长黄莉新在听取省文化厅情况汇报后都表示，要加大乡镇文化站建设和扶持力度。

对全省乡镇文化站建设情况，《新华日报》《中国文化报》和省政府《农村新五件实事工作简报》作了多次宣传报道。乡镇文化站建设工程及其此前的试点工作，也因此受到文化部的肯定，经过严格评选，已入围文化部第二届创新奖，正在接受社会公示。

省文化厅、财政厅正在制定2007年农村文化建设方案。参照今年做法，按照最低500平方米的要求，研究制定2007年乡镇文化站建设工程实施方案。根据省政府三年建设规划和厅长办公会研究的意见，2007年将要求所有无房文化站和面积低于200平方米文化站均签约建设，鼓励其他不达标文化站提前建设。省财政同意2007年安排经费3030万元，不足部分2008年安排。在乡镇文化站建设中，将要求充分借鉴乡镇文化站标准化建设工程试点工作经验，全面推进乡镇文化站机制创新。与此同时，按20平方米的要求推进村文化室建设。要求乡镇、村两级都要建好、管好、用好现有文化设施，发挥应有效应。该省将出台乡镇、村两级文化设施服务标准。

2007年01月03日《中国文化报》

江苏农村公共文化设施网络初步形成

乡镇文化站建设取得突破性进展

近三年来，在南京图书馆新馆等一批重点文化设施建成并投入使用，全省基本实现了"县县有文化馆、图书馆"的目标之后，江苏省又以乡镇文化站建设为重点，全面构建农村公共文化服务体系，取得了显著成绩。2007年11月，在第二届文化部创新奖颁奖大会上，江苏省乡镇文化站建设工程荣获文化部创新奖。江苏出现了一批具有代表性的高标准的文化设施，2008年将基本实现乡镇文化站500平方米达标。

目前，江苏省乡镇文化站建设正稳步推进，"县有两馆、乡有一站、村有一室"的农村公共文化设施网络初步形成。

以乡镇文化站为重点，建立和完善农村公共文化设施网络

江苏的经济基础比较好，文化建设的基础也比较好，但也存在着不平衡，主要表现在苏南、苏中和苏北有较大差距。在苏北经济薄弱地区，一些乡镇文化站因财政困难和领导不重视等原因而被拍卖、出租，出现了许多"无房站"。由于乡镇一级可用财力有限，文化站人员工资和运行经费难以落实。文化站人员老化、专业水平不高以及在职不在岗的现象也比较严重，同时还存在着

管理体制不顺、机制不活等问题。

对此，省文化厅高度重视、认真研究。厅长章剑华在广泛调研的基础上，提出乡镇文化站是党和政府密切联系农村、服务农民的文化主阵地，加强农村文化建设，必须把乡镇文化站建设摆上重要位置，任何时候都不能松懈。他建议通过乡镇文化站标准化建设试点，全面加强乡镇文化站建设，着力构建农村公共文化服务体系。

2005 年 4 月，省委宣传部、省文化厅印发了试点通知，确定了 17 个乡镇文化站进行试点。省委宣传部、省文化厅对建设规模、体制创新和建设管理都提出了明确要求。其中规定试点乡镇文化站的建筑面积，苏南地区不低于 2000 平方米，苏中地区不低于 1500 平方米，苏北地区不低于 1000 平方米；公益服务点及项目，包括综合展示厅、多功能活动厅、老年少儿活动室、书刊阅览室、教育培训室、共享工程基层服务点，以及农村电影和其他因地制宜、满足当地群众需求的服务项目；用于经营性项目的设施面积不超过总面积的 30%。省委宣传部、省文化厅成立了试点领导小组，建立了专项扶持资金和奖励制度，对每个新建的乡镇文化站给予 30 万元资金补助。省文化厅各处室和有关直属单位分别与试点乡镇文化站结对挂钩服务。经过近一年的努力，在省扶持资金 510 万元的带动下，市、县安排配套资金 325 万元，乡镇自筹资金 5860 万元，吸纳社会资金 470 万元，试点乡镇文化站均建成开放，平均建筑面积 2226 平方米，成为当地标志性文化设施。

为贯彻中办、国办《关于进一步加强农村文化建设的意见》，省文化厅向省委、省政府提出，联合省财政厅，从 2006 年开始，用三年时间，全面完成乡镇文化站 500 平方米达标建设任务。省财政设立专项资金，扶持苏北、苏中经济薄弱地区和黄茅革命老区建设乡镇文化站。省委、省政府决定将乡镇文化站建设作为农村文化工程内容之一，列入省委、省政府农村十大工程和新五件实事，投入 7670 万元，对经济薄弱地区和革命老区的 448 个无房和不达标文化站建设进行扶持，明确对无房文化站的建设补助每个 30 万元，对面积不达标文化站的建设补助，视面积差额和工程量大小，每个 5 万至 20 万元。根据这个要求，省文化厅、省财政厅全面启动了乡镇文化站建设工程。两年来，省文化厅、省财政厅每年都与有建设任务的县级政府分管领导签订责任书，每年都组织中期检查和年终验收。省文化厅多次召开厅长办公会，专题研究乡镇文化站建设工作，所有厅领导多次深入基层调研和检查指导乡镇文化站建设。2006 年、2007 年，省政府分别下达建设任务 200 个、100 个，全省实际建成 330 个，已完成扶持乡镇文化站建设任务的 73.7%，基本消灭了无房站。至 2007 年年底，全省乡镇文化站平均建筑面积已达到 990 平方米。

创新乡镇文化站运行机制，确保农村文化设施正常运转、发挥作用

为了将乡镇文化站建设好、管理好、长期运行好，使政府对文化站的投入能够充分发挥应有的功能、作用，省文化厅在乡镇文化站标准化建设试点时，就已经在创新管理体制和运行机制上进行了大胆探索。主要试行了三种机制：一是公有民营制。政府将全额投资新建的乡镇文化站设施设备和规定的公益性文化服务项目，通过公开竞争、风险抵押等方式，委托给懂文化、善经营、会管理的优秀人才运行管理。二是股份合作制。政府投入为主、多种经济成分共同投资兴建的文化站，实行股份合作制。公有民营、股份合作制都强调文化站通过市场化运作，保证上级文化部门和乡镇政府规定的公益性活动项目正常开展，保证文化站资产保值增值。农村文化事业专项建设和大型公益性文化活动，由乡镇政府向文化站购买。三是目标责任制。在苏南以及经济条件较好的地区，建立和完善现有的目标责任制。乡镇政府与文化站签订年度目标责任书，明确文化站必须完成的活动内容和项目，并严格考核奖惩。

在试点乡镇文化站中，实行公有民营制的有 6 家、股份合作制的有 7 家、目标责任制的有 4 家。这些文化站运行情况都比较好，100％能正常开展活动。实行公有民营、股份合作制的乡镇文化站，在确保公益性和政府不断增加投入的前提下，有效依靠了社会力量，灵活运用市场和企业机制，以前那种"死不了、活不好"的守摊子状况得到根本改变。由于办理了县级文化部门和乡镇政府共有的产权证，文化设施被随便拍卖、出租的现象得到控制。

为了从机制上进一步解决乡镇文化站建成后正常开展活动的问题，近期，省文化厅正与省财政厅协商，设立全省乡镇文化活动引导奖励资金，从 2008 年开始，对全省乡镇文化站开展活动情况进行考核，根据文化活动的规模、产生的社会影响等，对考核合格的乡镇文化站，每年给予一定的活动经费奖励。

开展基层常规培训，提高农村公共文化服务能力

农村公共文化服务体系建设是一个长期的过程。在实现了以乡镇文化站建设为主的阵地建设等目标之后，另一个问题凸显出来，这就是农村文化队伍建设的问题。以江苏省淮安市为例，由于管理体制的改革，"九五""十五"期间乡镇文化人才流失严重。改革后 148 个乡镇文化站站长，留用的不足 20%，同时还存在留用人员年龄老化、观念陈旧，新增人员专业不对口、能力差、素质低、专职不专用等问题。令人深思的是，不少改革后下岗的老的文化站站长办起了民营剧团、个体文化服务队，其红火与一

些文化站的冷清形成了鲜明的对比。在江苏一些经济欠发达地区，凡是文化站搞得好的，都有一个好文化站站长。这一切都说明，文化站不仅要有好的阵地、好的机制、好的内容，还要有人才。

在此情况下，根据原省委常委、宣传部部长孙志军的提议，省委宣传部、省文化厅决定用三年时间，分期分批对全省1103名乡镇文化站站长和106个县（市、区）的文艺骨干进行培训。省文化厅专门成立了乡镇文化站站长和文艺骨干培训工作领导小组和培训工作办公室。培训工作办公室从140余篇、100多万字的文件中，筛选了与农村文化工作有关的文件31篇约19万字，编辑成《农村文化工作文件选编》，作为教材发给学员。培训工作办公室按照形势教育、方针政策、文化法规、业务知识、专业技能、经验交流等精心安排培训内容，设置培训课程，并根据不同专业、不同对象，有所侧重。自2006年11月开班以来，省委宣传部、省文化厅已培训乡镇文化站站长8期541人，文艺骨干3期191人，合计732人。

与此同时，为了全面提高基层文化工作人员的综合素质，加强对基层文化工作人员的管理，省文化厅积极支持苏州市试行基层文化从业人员资格认证管理制度。苏州市基层文化从业人员资格认证实行统一培训、统一考试的办法，由苏州市人事局、苏州市广播电视局命题和阅卷，原则上每年组织一次考试。江苏将在试点的基础上，全面实施基层文化从业人员资格认证管理制度。

根据中办、国办《关于加强公共文化服务体系建设的若干意见》和全国乡镇综合文化站建设工作电视电话会议，江苏省文化厅将在全面完成乡镇文化站建设任务的基础上，将重点转移到村文化室建设上来。省文化厅已向省政府提出，采取以奖代补的方式，对村文化室建设进行扶持。也已经制定了全省乡镇文化站、村文化室达标评分细则，每年一次组织考核。"十一五"期末，一个高标准的省、市、县、乡、村和城市社区全覆盖的基础设施网络将全部建成。

2008 年 06 月 01 日《中国文化报》

巩固发展已有成果　多出精品和各项文化成果
——全省文化局长会议综述

　　2月14日至16日，省文化厅在南京召开了全省文化局长会议。出席对象有全省市、县、区文化局长、省直文化单位负责人和厅机关处室负责人。这次会议的主要任务是，以邓小平同志建设有中国特色的社会主义理论为指导，认真传达全国文化厅局长会议精神，回顾、总结94年工作，对95年工作作出安排。会上，省委宣传部副部长、省文化厅长潘震宙作了工作报告，副厅长季根章、刘俊鸿、尹明、许洪祥分别就群众文化和图书文物、艺术创作、创收补文和文化市场、艺术表演团体等方面的工作作了专题发言，各市文化局长也作了大会发言。会议结束前，副省长张怀西到会作了重要讲话。

　　省委宣传部副部长、省文化厅长潘震宙的工作报告，是这次会议的主报告。报告分两部分，一是传达全国文化厅局长会议精神，二是回顾94年全省文化工作，并对95年全省文化工作作出部署。

　　潘震宙全面回顾了1994年全省文化系统同志们辛勤工作的情况。他说，94年初，省文化厅根据中央宣传思想工作会议和全国文化厅局长会议的要求，结合江苏文化工作的实际，提出了"学习《邓小平文选》第三卷是统帅，深化文化体制改革是动力，加强文化市场建设和管理是手段,繁荣社会主义文化是根本目的"的工作思路,明确了学习、改革、市场、繁荣和农村文化工作五个重点。他说,厅党组十分重视思想建设,充分利用并发挥厅业余党校思想建设基地的作用,举办了三期培训班、三期读书班,有240人次参加了学习培训。省文化厅还召开了厅直单位学习中心组情况汇报会、全省文化系统思想政治工作研讨交流会。改革方面,制定下发了我省艺术表演团体改革的意见,选择省歌舞剧院和省扬剧团作为改革试点单位,还试行了目标管理责任制,与省美术馆、省戏校、省群艺馆、省演出公司等签订了全方位的目标管理责任书,制订了厅机关及直属单位机构改革方案。

潘震宙说,在艺术生产上,全省各级文化部门都把繁荣创作作为重要任务来抓,从专业和业余两个方面抓了一批重点剧、节目和重大文化活动。省文化厅对首届戏剧节以来出现的几台基础较好的戏,组织创作人员进行了进一步修改加工。精心组织了省人艺《热线电话》、南京市京剧团《醒醉记》、苏州滑稽剧团《小城故事多》三台剧目的晋京演出;组织了话剧《开庭之前》《热线电话》,扬剧《巡按还乡》《我想有个家》,歌剧《茶花女》等剧组赴沪演出。南影厂摄制的儿童故事片《早春一吻》获第三届金鸡特别奖,电视剧《汉宫怨》获第十四届飞天奖二等奖、第三届全国电影制片厂优秀戏曲电视剧二等奖,电视剧《庭审还在进行》获广电部、司法部颁发的金剑二等奖。举办了江苏省首届曲艺节和江苏省首届青年舞蹈演员独、双、三人舞蹈比赛，举行了纪念傅抱石先生诞辰90周年系列活动、纪念艺术大师梅兰芳、周信芳百年诞辰系列活动，取得较好的社会反响。组织参加了全国第八届美展、全国昆剧青年演员交流演出、94中国越剧小百花节，取得较优异的成绩。群众业余创作、演出也更加活跃，组织省少儿京剧节目参加第二届全国新苗杯京剧邀请赛，与省委宣传部等联合组织了全省戏剧小品、曲艺大赛和全国民歌、民舞、民乐大赛。盐城市作者创作的《飘落的闯旗》《太阳花》已引起有关方面的兴趣。

在文化市场管理上，省文化厅围绕使我省文化市场健康、有序、活跃、繁荣的目标，加强了文化市场的法规建设，拟定了《江苏省娱乐市场管理条例（草案）》，确立了文化市场归口管理和分级管理的管理体制，全部换发了由文化部统一制发的文化经营许可证，形成全省统一的文化市场管理体系。加强了对演出市场和音像市场的宏观调控，积极引进高品位、高档次的剧团、剧组来我省演出，与有关经营单位签订了音像发行、出租和放映经营管理责任书，对进入娱乐场所的激光视盘进行了验审，率先在全省文化系统范围内停止了资料带的经营性放映。加强了文化市场的稽查工作，参与组织了"扫黄打非"和全省文化市场大检查，省、市、县三级稽查网络初步形成。

在农村文化建设上，争创活动进一步推进，命名表彰了我省第二批群众文化先进县、先进乡镇，我省创建工作也受到文化部的表彰奖励。在继续实施全省文化带建设规划的同时，初步制定了全国边境文化长廊江苏段建设规划。在广泛征求意见的基础上，制定了"蒲公英计划"实施方案。重点文物的抢救、文博基础和文物安全工作进一步加强，江宁汤山早期人类头骨化石被列为全国考古十大新发现。创建文明图书馆活动进一步深入，94 年评出省文明馆 52 个，在文化部召开的图书馆工作会议上，我省有11 个市县馆被评为全国文明馆，有 12 个市县馆被评为全国一级馆，名列全国第一和第二。

在创收补文发展上，"一手抓创作、一手抓创收"已成为各级文化部门的共识。各地抓住时机，上了一批新项目，涌现出一批文化骨干企业和经营管理人才，去年全省文化经营总收入 22 亿，比 93 年增长 33％，纯收入 1.33 亿，比 93 年增长 34.4％，上缴税收 7682 万元，为国家作出了一定贡献。

潘震宙概括说，和前一年相比，94 年全省文化工作又取得了新的进展，主要表现在：工作的指导思想进一步明确，工作路数更加清楚，各级文化部门自觉坚持党的基本路线，服从全党工作大局，围绕经济建设中心，根据文化部的工作部署，并从江苏实际出发，来确定全年工作任务，开展各项文化工作；注意在头绪繁杂的文化艺术工作中紧紧抓住一些有重大影响的工作不放，来推动工作的整体发展，94 年确定的 5 个工作重点，主题突出，指导性比较强，反映了文化系统的同志对文化工作的规律有了进一步的认识和把握；工作作风更加求实务实，不提不切实际的口号，但一经确定的工作任务就真抓实干，全力以赴，抓出成效，干出影响。这是省委、省政府和各级党委、政府正确领导的结果，是社会各界大力支持的结果，是文化系统全体同志团结奋斗、扎实工作的结果。

在部署 95 年全省文化工作时，潘震宙指出，厅党组确定的工作重点，概括起来就是在去年"学习、改革、市场、繁荣和农村文化"这五项重点工作的基础上，再加上文物工作，一共六个方面。接着他提出了七点补充意见，他说，理论学习要学以致用，解决好实践中产生的新问题。要通读原著，加强学习的系统性，提倡理论联系实际的学风，加强学习的针对性。还要加强理论学习的组织和指导。领导干部要率先垂范，身体力行。

文化体制改革要在深化内部机制改革的基础上进行，注重改革的实际效果。今年文化体制改革的重点仍然是艺术表演团体的体制改革。要以艺术生产为中心，改革艺术表演团体运行机制，对院团实行以目标管理责任书为形式的考核制，改进艺术生产资金投入方式。机构改革将有序地进行。艺术教育的改革、群众文化事业单位和农村文化的改革、图书馆事业管理职能的转变和内部体制改革、文化科技体制改革也将同时展开。出人才、出好戏、出文化成果是衡量改革成功与否的标准。

文化市场管理要认真贯彻两办《通知》，加强执法力度。文化市场的管理，立法建规是基础，稽查执法是关键。今年将争取拟定单项法规，如《江苏省美术市场管理办法》《江苏省电影市场管理办法》。还要在稽查队伍的机构设置、人员编制、队伍培训、设备配置等方面取得进展。

繁荣文化要在普及的基础上，注重重点剧目的生产。能否有文艺精品的不断涌现是衡量文艺是否繁荣的重要标志之一。繁荣文艺是要创作出能反映时代脉搏、和时代相称的精品。各级文化部门的领导要深入艺术生产的第一线，和编创人员一起确保重点剧目的生产，对重点剧节目，资金上也要重点投入。

农村文化工作要在全面推进的同时，加强基础项目的建设。创建文化先进县、先进乡镇、万里边境文化长廊建设和实施"蒲公英计划"是农村文化建设三大工程，这三大工程是加强农村文化建设的有力举措，今年要继续以此为龙头，整体推进农村文化工作。要积极进行农村文化馆站的改革，在其内部运行机制和经费来源等方面进行探索和试验，以焕发活力，提高效益，走出困境。但要明确的是，农村文化馆站是政府设立的文化事业机构，是示范性文化事业，在其经费来源中，地方财政投入仍是一条主渠道，有些地方对其"断奶"的做法是不妥的。

文物工作要贯彻"保护为主，抢救第一"的方针，充分发挥文物的社会效益。对重要的文物古迹和珍贵的民族文物遗产，要加强维修保护，并组织好立项、设计、施工等各项工作。要增大执法力度，严厉打击盗掘、盗窃、走私文物等违法犯罪活动。要充分利用文物开展爱国主义教育，抓好《爱国主义教育实施纲要》的贯彻落实。

要加强文化队伍建设，提高文化工作的整体水平。为了完成全年的工作，必须加强文化队伍建设，这是提高整个文化工作水平的基础。要以对事业、对历史高度负责的态度认真抓好这项工作，使我省文化队伍成为文化素质高、业务能力强、具有敬业精神和奉献精神的特别能战斗的队伍。

与会代表反映，94年全省文化系统认真贯彻全国宣传思想工作会议精神，紧紧围绕全党工作大局，以邓小平同志建设有中国特色的社会主义理论为指导，按照江泽民同志提出的"以科学理论武装人，以正确舆论引导人，以高尚精神塑造人，以优秀作品鼓舞人"的要求，来开展全年工作，方向明确，在调查研究的基础上确定的五个工作重点，以重点带动一般，工作安排得当。在全省各级党委、政府的领导和关心下，我省文化工作者不断开拓，积极向上，各项工作都取得新的成就和进展。

讨论中，与会代表同意把95年工作重点放在"学习、改革、市场、繁荣、农村文化和文物保护"上，认为在94年五个重点的基础上加上文物保护是必要的、妥当的，它强调了社会效益，体现了求实务实的作风。认为当前要不断巩固和发展已有成果，同时对薄弱环节加强力度。与会代表认为各级党委、政府领导越来越重视文化工作，社会各界也越来越理解、支持文化事业，大环境十分有利。只要全省文化部门继续坚持正确的方向，抓住重点，提倡奋发进取的精神，同时又有求实务实的作风，多出精品和各项文化成果是完全可能的。

1995 年第 03 期《剧影月报》

歌声婉转如百灵
——首届中国少年儿童合唱节综述

全国广为关注的首届中国少年儿童合唱节于 2006 年 8 月 9 日至 10 日在南京举行，由文化部、教育部、省政府主办，省委宣传部、省文明办、省文化厅、省教育厅承办，中央电视台青少中心、中国教育电视台、中国文化报社、新华日报报业集团、省广播电视总台、南京市教育局、中国合唱协会参与承办，省文化厅具体承办。举办中国少年儿童合唱节，是深入贯彻中共中央、国务院《关于进一步加强和改进未成年人思想道德建设的若干意见》，落实国务院领导同志关于大力开展少儿合唱活动的指示精神，繁荣和发展未成年人文化艺术事业，促进未成年人思想道德建设和素质教育的一项重要举措，也是落实文化部、财政部、教育部、广电总局、共青团中央、中国文联、北京市政府联合开展的《中国少儿歌曲创作推广计划》，集中展示全国广大中小学生合唱活动的丰硕成果，从而进一步推动少年儿童合唱活动的广泛深入开展。

合唱节于 8 月 10 日晚在南京五台山体育馆举行了隆重的闭幕晚会。国务委员陈至立，文化部长孙家正，教育部长周济，省长梁保华，文化部副部长周和平，教育部副部长陈小娅，国务院研究室副主任韩长赋，省委常委、南京市委书记罗志军，省委常委、宣传部长孙志军，副省长张桃林，省政协副主席孙安华，南京大学党委书记洪银兴，著名作曲家、全国人大常委谷建芬，著名指挥家、教育家、中央音乐学院教授杨鸿年等出席闭幕晚会并观看演出。出席闭幕晚会的还有国务院办公厅、国务院研究室、文化部、教育部、团中央有关司局的领导，各省、直辖市、自治区文化厅局的领导，江苏省有关方面的领导。晚会颁奖仪式由省委常委、宣传部长孙志军主持，副省长张桃林、文化部副部长周和平分别致词，教育部副部长陈小娅宣读了获奖名单。全国 26 个省、直辖市、自治区的 29 支少儿合唱团队参加了演出，并分别获得"小百灵杯""小云雀杯"和"小黄鹂杯"。江苏的 4 支少儿合唱团队获得"小百灵杯""小云雀杯"各 2 个。江苏省文化厅、江苏省教育厅还被文化部、教育部和省政府授予组织工作奖。

为圆满完成承办首届中国少年儿童合唱节的任务，以江苏省文化厅社文处和江苏省文化馆为主进行了半年多的紧张筹备。在文化部的直接指导下，成立了组委会办公室及其综合部、演出部、宣传部和接待部，部门与部门之间，人员与人员之间，职责明确，分工到人，相互协调，相互支持，为少儿合唱节最终取得成功奠定了基础。举办前夕，省文化厅统一调度，厅办公室、机关党委、文物局、南京图书馆、南京博物院派人参与接待工作。通过承办此次活动，省文化厅进一步积累了举办大型活动的经验。

闭幕晚会是首届中国少年儿童合唱节的重要内容，各级领导对闭幕晚会演出提出了很高的要求，为此演出部进行了精心策划。文化部、教育部多年来在全国中小学推广、普及古典诗词歌曲已经取得良好反响，省委宣传部、省文明办、省文化厅、省教育厅等部门近年也面向全省开展了新童谣歌曲征集、创作活动。这些成果能否通过晚会得到展现，令人瞩目。导演组经过仔细推敲，决定采用三个篇章来反映这台晚会：第一篇章为《古韵·童声》，主要以朗诵、演唱、舞蹈等多种形式充分展示古典诗词的神韵和魅力。晚会上朗诵和演唱的古诗是《春晓》《游子吟》《长歌行》《咏鹅》《悯农》，让现场的观众再一次领略了古典诗词的优美韵律；第二篇章为《新词·童趣》，童谣有着独特的教育功能，它对孩子们思想品格的形成、美好感情的培养、良好习惯的形成、语言美感的熏陶和开朗乐观的人格塑造，都会起到潜移默化、无可替代的作用。晚会上演唱的 5 首新童谣《吹泡泡》《小小红绿灯》《祖国妈妈真漂亮》《我和时间来赛跑》《福娃画五环》都选自江苏少儿出版社今年出版的《新童谣》一书；第三篇章为《金曲·童心》，在这一篇章里，孩子们演唱了《中国儿童团团歌》《卖报歌》《让我们荡起双桨》《春天在哪里》4首中国优秀传统儿歌和《知荣明耻手拉手》以及文化部向全国推广的优秀少儿合唱歌曲《我要做合格的小公民》等新歌。朗诵、舞蹈与合唱相融合，优美的旋律，活泼的曲调，欢快的舞蹈，加上独特的篇章结构、新颖的表现形式、充满童真和童趣的表演内容，使整场晚会显得格外精彩。

首届中国少年儿童合唱节综合部为此做了大量工作：及时向文化部、教育部、省政府、省委宣传部请示回报，制定了总体方案；联系落实各参演单位；申请、落实和管理活动经费；协调公安、消防、医疗卫生部门做好安保工作；邀请、接待来自各方面的领导、专家；做好票务工作等。根据闭幕晚会节目演出的需要，克服了暑假期间学生难组织的困难，从鼓楼区、白下区的11所学校分别抽调了2854名和2249名作互动背景和观众互动的学生，从苏州、无锡、镇江和南京市抽调了12支少儿团队共800余名小演员参加闭幕晚会节目排练。在此过程中，充分依靠市、区教育局和各有关学校的领导和老师，确保了排练和演出按计划顺利进行。

首届中国少年儿童合唱节已圆满谢幕，江苏省文化厅具体承办这次活动取得了成功。主要体现在：（1）规格高。首届中国少年儿童合唱节由文化部、教育部、省政府主办，国务院领导同志，文化部、教育部、省委、省政府主要领导出席闭幕晚会，这样的规格在以往的活动中还是不多见的。（2）影响大。少儿合唱节在江苏举办，既是文化部、教育部对江苏的信任，也是江苏积极争取的结果。少儿合唱节各项活动的顺利进行，尤其是闭幕晚会的精彩演出，领导、专家、观众和媒体都给予了好评，产生了广泛的社会影响。（3）安全无事故。来自全国各地的 1350 名少儿参加了合唱节，参加闭幕晚会演出的少儿达到 7000 余人。如此大规模的活动，在前后四天的时间里，没有出现任何安全卫生问题。（4）队伍得到锻炼。这么大的活动，江苏省文化厅没有外请一个人，包括总导演在内，都是以省文化馆为主的本厅系统人员。

2006 年第 04 期《剧影月报》

丰碑上的爱

——访周恩来纪念馆

在我的印象中，周恩来纪念馆自 1995 年以来，已连续受到中宣部、文化部、人事部和国家文物局的表彰；在江苏省文化厅对各直属单位的目标管理年度考评中，纪念馆已连续三年摘取荣誉桂冠。一个开馆不到七年的革命纪念馆，为什么能接连获此殊荣？他们的经验对文化事业单位的改革和发展是否具有借鉴意义？带着这样的问题，今年国庆节前夕，我来到周恩来纪念馆进行采访。

（一）

从南京到淮安，汽车开了近三个小时。进入淮安城北不久，就到了桃花垠。"春盎桃花垠，东风一笑迎。桃花红更好，无限是柔情。"这是古人《咏淮纪略》中描绘桃花垠春色的诗篇。今天的桃花垠，已与一代伟人周恩来的名字融为一体。1992 年 1 月 6 日，周恩来纪念馆在这里落成开放。

周恩来纪念馆由三个人工湖、一座纪念岛和一组庄严肃穆、气势恢宏的纪念性建筑及周围绿地组成，占地总面积 35 万平方米，其中 70％为湖面。

我从东南门步入周恩来纪念馆。纪念馆馆区平面图案呈等腰梯形。俯瞰全景，纪念岛和三个人工湖构成汉字"忠"字形。纪念性建筑主要分布在南北长 800 米的中轴线上，由南向北依次建有瞻台、纪念馆主馆、附馆、周恩来铜像、仿北京中南海西花厅等。

党支部书记、副馆长金德华陪我来到主馆门前参观。他告诉我，周恩来纪念馆主馆高 26 米，为外四方内八角形建筑，外形似过去江淮平原上提水灌溉的牛车棚，寓含周总理是一生为人民的孺子牛。支撑四坡形屋顶的 4 根花岗岩石柱，象征着周总理先后 4 次提出在我国实现"四个现代化"的宏伟设想。与主馆隔湖相望的瞻台，由长 80 米的汉字"人"字形廊亭和两座 16 米高的剑碑组成，寓含周总理是一座永远矗立在人民心中的丰碑。主馆广场半圆形草坪和草坪中的圆形平台，构成周总理伟大业绩与日月同辉的象征意义。

我们沿着主馆正门前台阶拾级而上。51 级台阶是为了纪念周总理 51 岁担任开国总理。门形似汉字"周"字，是模仿淮安民居设计，体现了地方特色。在主馆门楣上，是周恩来同志的亲密战友、我国改革开放的总设计师邓小平同志亲笔题写的"周恩来纪念馆"6 个大字。

我们来到纪念厅，这是主馆的二层。主馆的一层为陈列厅，由东西两个门进出，三层则为开放型观景平台。

纪念厅内安放着一尊周总理的全身汉白玉坐姿塑像。只见周总理端坐在一块巨大的岩石上，手握长卷，双目凝视着远方，仿佛仍在思考着祖国的今天和明天，运筹着四化大业。

在陈列厅，我看到反映周总理光辉一生的文物48件、图片199幅，并有5台电视录像设备配合讲解。此刻是上午10点，参观者已络绎不绝。

纪念馆附馆为汉字"人"字形，向主馆呈拱卫之势，寓含"人民总理爱人民，人民总理人民爱"。主附馆之间有一高10米的方形牌楼，从空中俯视"人"字形附馆与"一"字形牌楼，构成"八一"图案。这是纪念周总理曾领导了著名的"八一"南昌起义。

我深深钦佩设计者用如此错落有致、造型各异、寓意深刻的建筑语言，向人们展现了一代伟人周恩来的光辉业绩和人格风范。金德华告诉我，这位设计者是江苏省东南大学齐康教授，该工程已获得全国设计大奖和"特别鲁班奖"。

穿过附馆，我们向周恩来铜像和仿西花厅走去。今年3月5日是周总理诞辰百年纪念日，为了纪念这个神圣的日子，经中共中央批准，在周恩来纪念馆塑立周恩来铜像，建造周恩来遗物陈列馆。

这尊由中央美术学院雕塑系李守仁教授创作的周总理全身铜像，高4.2米，真实地再现了周总理双手叉腰、面带微笑、和蔼可亲、朴实平易的形象，仿佛使人们觉得周总理又回到了人民中间。铜像基座高 3.4 米，花岗石贴面上镌刻着中共中央总书记江泽民亲笔题写的"周恩来同志"5 个鎏金大字。

走过铜像广场，展示在我们面前的是一座造型别致、古色古香的建筑，这就是周恩来遗物陈列馆。遗物陈列馆分上下两层，上层以 1：1 的比例仿建周总理在北京中南海工作和生活了 26 年的西花厅。西花厅前客厅是周总理生前会见贵宾和重要客人的场所，厅内展出的 142 件物品都是周总理生前用过的原件，并按原貌布置。门内正面一块雕刻着毛泽东手迹"努力为全中国人民和全世界人民服务"的迎宾插屏，正是周总理一生的真实写照。

我们又来到后院，这里有周总理的办公室、卧室等。从 1949 年 9 月到病重住院，周总理一直在这里办公。办公室内唯一的高档家具是一对沙发，这是周总理生病后毛主席赠送的，这对普通的沙发也表现了两位伟人之间的深厚情谊。

遗物陈列馆的底层是辟有"立志强国、救国救民、披肝沥胆、鞠躬尽瘁、和平使者、人民公仆、巍巍丰碑、悠悠乡情"等 8 个专题的展厅，展出了 793 件周总理生前用过的物件、手迹和相关的资料，与纪念馆陈列厅内容互为补充，相得益彰。

我在纪念馆内流连忘返。纪念馆主馆巍巍耸立，人工湖碧波荡漾，湖光水色与堤岸垂柳以及松柏、鲜花、绿地相映成辉，好一处风景如画、环境宜人的爱国主义教育基地和旅游胜地。

（二）

在周恩来纪念馆采访的两天，令我深受感动。纪念馆从运筹到建成，有关领导、各路建设大军、普通人民群众、周总理身边工作人员和亲属都倾注了巨大热情。

还是让我们翻看历史的一页。1976年4月4日，春寒料峭，天安门广场沉浸在一片悲痛之中。突然，在人民英雄纪念碑北侧，一张新写的大字报贴了出来：

关于建立"周恩来纪念馆"的建议

为世世代代纪念我们敬爱的周恩来总理，特建议由人民自己建一座"周恩来纪念馆"。资金来源由人民自愿捐献，数量不限，一分钱也能表达人民的心愿。

边疆某部部分战士

这是第一份公开提出建立"周恩来纪念馆"的建议书。这是人民群众发自内心的真切的爱的呼唤。这一呼声虽然由几位普通的边防战士发出，但它喊出了大家共有的心声，一下子就激起了在场人的广泛共鸣。人们热血奔涌，忘记了那个春季特有的寒冷，纷纷慷慨解囊。一会儿工夫，建议书的下面，便堆起了一座钱币的小山。

1979年3月5日，淮安驸马巷内的周恩来故居正式开放。81年前，一代伟人周恩来就出生在这里。他在家乡度过了难以忘怀的12个春秋后，带着对故土的深深眷念，北上求学。这个房不过 20 多间、占地面积不过数百平方米的宅院一下子吸引了海内外数百万瞻仰者。其中，有党和国家领导人，有外国政府官员、驻华使节和其他国际友人，有普通人民群众。许多人表达了一个强烈的愿望：建立一座大型的周恩来纪念馆。

1985 年 3 月，兰州军区司令员杜义德将军来到淮安周恩来故居。将军曾经跟随周副主席南征北战，解放战争时期，他就是赫赫有名的中国人民解放军二野三兵团的副司令员。在周总理塑像前，将军整好衣冠，"啪"地行了一个军礼，说了声："周副主席，我来看您了！"话音未落脸上已是热泪纵横。瞻仰完毕，将军问故居负责人："你们有建纪念馆的打算么？你们应该赶快建！外国人都纷纷为他建碑、立铜像，我们建个纪念馆，还不是理所当然！"最后，将军慷慨激昂地表示："要是建纪念馆没有钱，我去给你们募捐！"

作为周恩来的故乡，淮安方面早就有建立周恩来纪念馆的想法。1978 年，他们向省委提出建议，并请来了建筑工程专家，商讨建立纪念馆的初步设想。

在淮安建立周恩来纪念馆，也是江苏省委、省政府的希望和要求。在省委的一次会议上，在淮安建立周恩来纪念馆作为一项重要内容提了出来。省委一致同意，由省委宣传部正式向中宣部呈递要求建立周恩来纪念馆的报告。

当时的中共中央总书记胡耀邦素来敬重周恩来总理。1984

年 10 月，外出考察的胡耀邦来到淮安。他专门抽出时间，前往周恩来故居瞻仰。当淮安负责人请他为周总理题词时，他屏息凝神，聚墨驰毫，写下了"全党楷模"4 个大字。他很快就批准了中宣部关于在淮安建立周恩来纪念馆的请示报告。

1986 年 3 月 7 日，中宣部正式下达了批文，江苏省委随之成立了周恩来纪念馆筹建领导小组，淮安成立了周恩来纪念馆工程筹建处。选址、设计、征集史料等各项工作都相继开展起来。

（三）

提到周恩来纪念馆的管理，纪念馆工作人员自然而然地向我谈起纪念馆的领导班子，包括张天民、潘正凡、金德华、王树荣等，他们都为纪念馆的建设和管理立下了汗马功劳。

现任党支部书记、副馆长的金德华是土生土长的淮安人，在乡村里读完小学、初中、高中。1972 年 12 月，18 岁的金德华参了军。在陆军第 12 军步兵 34 师，金德华同志开始了他从一个普通士兵到副团职领导的 18 年军旅生活。转业到地方工作后，金德华先后担任淮安市人大常委会办公室副主任、周恩来纪念馆副馆长。

1995 年 7 月，金德华接任党支部书记，主持纪念馆全面工作。当时，最棘手的是经费问题，连当月的工资都发不出。万般无奈之下，他用馆里唯一的一辆轿车做抵押，到银行贷款 15

万元，才解决了燃眉之急。

金德华下决心进行大刀阔斧的改革。当时纪念馆办了装潢公司、复印社、游泳池、招待所、餐厅，但大都亏损。金德华做了认真思考，果断地撤销了装潢公司、复印社，关闭了游泳池。金德华注意到，招待所、餐厅就在淮江公路边上，每天都有一两万车辆从这里经过，机遇再不能失去。于是，他决定借债对招待所、餐厅进行扩建改造，同时扩建停车场。招待所经理尹亚明自豪地告诉我，他们的投入当年见效益。1995年年底，招待所营业额比上年增加了30多万元，停车场营业额增加了14.5万元；1996年，招待所住宿人数为38875人，停车14608辆，营业额是原来的3倍，利润更大。这几年，餐厅营业额也在逐年增加，每年约100多万元，停车场纯收入超过10万元以上。

旅游纪念品的开发更是金德华的得意之作。他认为，纪念馆是一种载体，纪念品也是一种载体，是纪念馆的延伸。参观结束了，参观者带走了纪念品，将会有更多的人受到教育。因此，某种意义上说，纪念品是一种最便捷而有效的载体。几年来，金德华一直致力于有关纪念品的开发，目前已达100余类1000多种。1996年10月，纪念馆隆重推出了周恩来同志诞辰100周年纪念金卡、银卡，纪念馆小商店一天的营业额最高达50多万元，形成一股抢购热潮，同时也在全国拉开了纪念周恩来同志百年诞辰活动的序幕。金德华说，至1996年12月31日，周恩来纪念馆最困难的日子已经过去，经过一年半的努力，他们还清了所有债务，账面上还有了 154 元的盈余。

金德华同志不愧是个干事业的人。由于他抓住了纪念周恩来同志百年诞辰这一难得的机遇，提前两年大搞纪念品开发，纪念馆终于在经济上彻底翻了身。除还清债务外，还新增加投资和回报社会 300 多万元，并有了一定的积累。

金德华认为，周恩来纪念馆是党和人民为纪念一代伟人周恩来而兴建的，建馆的目的，正如中宣部批示中所明确的，是"使老一辈无产阶级革命家的革命精神发扬光大"。周总理的伟大业绩、崇高品德举世敬仰，是中华民族宝贵的精神财富，我们的职责就是建设和管理好纪念馆。为此，他向全馆响亮地提出了"以馆为家、以馆为荣、以馆为重"和"争创全国一流革命纪念馆"的口号，有针对性地开展多种形式的教育活动，使干部职工思想觉悟不断提高，主人翁意识、责任感、使命感日益增强。在此基础上，金德华特别重视加强馆区的环境管理。他认为营造良好的周围环境，不仅有利于充分体现纪念性建筑设计者的构思和寓意，而且能更好地烘托整体氛围和强化纪念效果。为此，他把馆区环境管理目标定位在"创建全国一流园林"上，带领纪念馆人整整干了三年，对馆区 3.2 万多株林木进行逐棵调整定位，对每一寸裸露的土地进行绿化美化，栽植草坪 2000 多平方米，培植和购进花草数万盆，还对馆区卫生实行"五分钟保洁制"。如今的纪念馆，绿树成荫，草坪如茵，繁花似锦，宁静庄严而又生机盎然。人们在参观纪念馆的同时，无不赞赏纪念馆的绿化美化工作做得好，认为参观周恩来纪念馆是一次身心的洗礼。一些初来纪念馆的观众往往以为纪念馆是建在一座公园里，其实是纪念馆人用自己的心血和汗水逐步将纪念馆美化成一座档次较高的大型纪念性园林。优美的馆区环境，已成为周恩来纪念馆的一个鲜明特色、一道亮丽风景。周恩来纪念馆开馆至今，已圆满接待中外观众 550 万人次，优惠和免费接待青少年学生 260 万人次。党和国家领导人李鹏、尉健行、李岚清、温家宝、李铁映等先后来馆瞻仰、参观。1995 年以来，纪念馆先后被中央、国家有关部门授予"全国爱国主义教育示范基地""全国中小学爱国主义教育基地""全国文物系统优秀爱国主义教育基地""全国文化系统先进集体""全国文博系统先进集体"等荣誉称号。

对此，金德华远没有满足。省文化厅厅长季根章对他说，周恩来纪念馆要成为全省、全国精神文明建设的窗口，要为江苏建设文化大省作出新的贡献。他有很多的理想要去逐个实现。

（四）

周恩来纪念馆取得的成绩和荣誉是来之不易的。我在纪念馆采访的时间不长，接触的范围有限，但我觉得他们有一些基本做法和经验，对我们做好今后的文化工作是有启示的。

——特别注意讲政治，始终把社会效益放在首位。纪念馆根据自身工作特点，因势利导，深入持久地开展以"学总理，树形象"为主题的教育活动。他们组织职工学习周总理生平事迹，阅读有关周总理的书籍和理论文章，在周总理纪念日向周总理塑像敬献花篮，以及组织职工赴重庆红岩、广东黄埔、陕西延安、辽宁铁岭走访等，不仅增长了职工业务知识，更重要的是从中进一步认识了周总理全心全意为人民服务的精神实质，成为周总理为人民服务思想精神的实践者。为了学习、宣传、研究周总理精神，这几年，纪念馆征集到各类文物324件、书画作品1186件，自办、联办各类展览40多个，参与举办省级以上的研讨会5次，参与著书8本，发表论文60多篇，还创办了馆刊《丰碑》。资料科科长秦九凤，凭着对宣传研究周恩来总理的满腔热忱，笔耕不辍，每年在海内外发表各类文章300多篇。

　　纪念馆始终坚持"馆区严肃、馆外活泼"的原则，自觉抵制不良社会思潮的侵蚀和引诱。他们对要到纪念馆举办的展览进行认真的审查，凡文化品位不高、与纪念馆形象不相宜的，即使有利可图也一概回绝。今年2月28日，中央电视台"心连心"艺术团在纪念馆举行"百年丰碑"大型广场文艺演出时，江苏有个酒厂提出挂一条广告标语，给赞助费20万元；去年初，有家钟表集团愿意出资350万元，以纪念馆的名义制作金表；还有一些企业想要在纪念馆门票上做广告，他们都拒之门外。在馆区

35万平方米范围内，纪念馆至今没有竖一块商用广告牌。

在不断加强基础建设的同时，纪念馆还注意用创收所得回报社会，积极支持社会公益事业。如向"希望工程"捐资，向再就业解困基金会和特困企业捐资，向见义勇为基金会捐资，向南京大学周恩来班捐资等，近两年已达38万元。

——以优质服务为核心，不断强化内部管理。纪念馆认为，管理出效益。要充分发挥革命纪念馆的社会效益，必须强化内部管理，而内部管理的关键是落实以岗位责任制为核心的管理制度。为此，他们将任务层层分解，责任到人。并在此基础上，陆续修订各项管理制度20余类400多条。修订和贯彻这些制度坚持了三条原则：一是高标准、严要求。如安全保卫制度已形成有组织网络、有预案措施、有检查监督的系列制度，专门刊印了《安全保卫守则》分发到全馆职工手中，还设立了安全责任奖，形成了安全工作人人有责的氛围。开馆以来没有发生火灾、文物失窃、观众人身安全伤害及财产损失事故。二是合理动用经济手段，奖勤罚懒，奖优罚劣。考勤考绩以百分计分，职工请病、事假都有相应的扣分标准。凡在服务过程中与观众发生争执受到投诉的，不管责任在谁，馆内有关人员都要受到处罚。为鼓励干部职工学文化、学业务，他们制定了《精神文明建设奖励办法》，对做出贡献的部门和个人给予奖励。鼓励职工深造，获得高层次学历、职称的均给予重奖。三是实行服务承诺和监督制度。将一线服务人员的责任、义务、服务标准、违反规定的处罚条款明列在承诺书上，承诺书由单位和个人签订。为接受观众监督，全体职工佩证上岗，在服务点设立意见箱。建立服务承诺和监督制度以来，对回收的意见进行统计，观众满意率一直在99%以上。纪念馆现有3个讲解接待处，共为观众免费讲解3万多场，直接听众达200多万人次。每场讲解从室外到室内要一个多小时，行程上千米，夏天广场气温高达50多摄氏度，冬天冰天雪地，寒风刺骨，但讲解员从无怨言，她们自觉地推迟婚育，把最美好的青春献给了讲解工作。

——党和政府重视，人民群众关心，全社会支持。周恩来纪念馆象征着周恩来的光辉业绩，寄托着全国人民特别是故乡人民对周总理的深切怀念之情。为了更好地缅怀周总理的丰功伟绩，学习周总理的崇高品德，发扬周总理的优良作风，研究周总理的革命思想和实践，教育全党、全国人民和我们的子孙后代，永远沿着老一辈无产阶级革命家开创的社会主义道路前进，中央、省、市三级财政先后投入5000多万元用于纪念馆建设。纪念馆开馆以后，江苏省文化厅也总是尽可能为纪念馆争取经费。1997年，纪念馆事业费达148.2万元，是开馆当年的7倍多。当地党、政部门领导在各方面给予了很大支持。

采访结束了，可我的心情难以平静。我相信，周恩来总理的形象，他的精神品格和人格，将永远和周恩来纪念馆一起，以其独特的魅力，矗立于天空和大地之间，矗立于亿万人民的心里！

1998 年 10 月 13 日《中国文化报》副刊、2000 年第 01 期《江苏通讯》

充满希望的辉煌之路
——记张家港市文化馆

春风拂面的时节，我第三次来到江苏省张家港市。

位于黄金水道长江下游南岸的张家港，发扬"团结拼搏、负重奋进、自加压力、敢于争先"的精神，大力发展经济，已名列全国综合经济实力百强县第 4 位。迅速崛起的张家港，文化建设也日新月异。去年，文化部命名该市为首批"全国农村文化改革实验区"，这是文化部在全国不同地区选择的、具有一定代表性和典型性的三个农村文化改革实验区之一。前两次到张家港，我是参加文化产业的调查和会议，这次则是采访慕名已久的市文化馆。我迫切地想知道，张家港市文化馆走过的辉煌历程，在新的改革实验中进行的有益探索，这些经验对全国文化体制改革的影响……

（一）

　　张家港市文化馆的发展已经历了 33 个春秋。建馆初期，馆址设在一家破烂不堪的旧戏馆子，只有三四位工作人员。1984年由地方财政拨款 16 万元建成文化楼，1992 年又自筹经费 350万元建成了在港城堪称一流的多功能娱乐楼。目前，全馆总面积 3840 平方米，从业人员 200 多人。在邓小平同志建设有中国特色社会主义理论指引下，张家港市文化馆有了"让文化事业腾飞"的胆识和气魄。提出"跳出文化办实业，办好实业促文化"，先后创办了 9 个经营实体。去年实现产值（营业额）1370 万元，税利 270 万元，纯利润相当于当年市财政拨给该馆全部经费的14 倍。目前，该馆有固定资产 700 万元，相当于建馆初期的120 倍。

　　更重要的是，张家港市文化馆牢记党的基本路线和文艺方针，紧紧围绕经济建设这个中心，不断校正自己在社会主义文化建设中的位置。协助文化主管部门在全市 26 个乡镇普及了文化中心，其中有 21 个乡镇被评为江苏省群众文化先进乡镇，有16 个乡镇图书馆被评为苏州市文明图书馆。为兆丰文化站总结的"以工养文"和文化中心实行"五位一体"的经验，得到中央领导的肯定，在全国推广。连续 20 年举办了全市群众文艺会演和比赛，承办了 10 届"张家港之春"综艺活动。1992 年以来，组织各种专场演出 62 场，市文化馆创作辅导干部在省以上获奖、发表、入选的作品有 86 件，编印《港风》162 期，发表作品 324 万字，培养了一批文学青年。

张家港市文化馆以其特有的社会功能和地位，成为广大群众业余生活中不可或缺的文化载体。该馆已连续 4 年被评为张家港市"双文明单位"，两次受到江苏省政府的表彰，被授予"群众文化先进集体"，1993 年还被江苏省文化厅评为"一级文化馆"，被文化部评为"标准文化馆"。

（二）

我围绕近年来文化馆的改革实践，对馆长徐洪高作深入采访。他用 5 个"新"字对我的提问作了回答。

——新的思想观念。去年初，张家港市文化馆响亮地提出"双主业一肩挑，双效益一起要"的观念，把文化业务与文化经济都作为主业来抓，做到一手抓文化业务、一手抓文化经济。他们认为，把文化业务作为主业，把文化经济作为副业，不够全面、准确。文化馆虽是纯事业单位，但长时间内仍要为生存而奋斗。不少地方养成"等、靠、要"的习惯，导致事业萎缩、人才流失、阵地缩小、地位下降。从我国国情看，发展农村文化事业完全依赖国家投资是不现实的；把文化经济作为副业来抓，也只能是小手小脚、小打小敲、小来小去。张家港市文化馆事业之所以发展得快，正是由于坚持了这一观点。去年该馆用于事业发展的经费

164 万元，其中 148 万元是从创收利润中拿出来的。

——新的工作思路。张家港市文化馆认为，经济是文化发展的物质基础，实现全市经济年年跨大步，文化人也要发挥积极的作用。为此，他们提出"有利于经济发展的事，小事当作大事来办"。比如去年 10 月新加坡经济代表团到张家港考察投资环境，11 月香港南港管理中心大楼在张家港保税区举行落成典礼，文化馆都承担了接待中的文艺演出活动，使投资者对张家港的文化环境印象很深，坚定了他们的投资信念。

张家港市文化馆还有一个观点，满足人民群众日益增长的精神文化需求是文化事业发展的首要任务，他们提出"有利于丰富群众文化生活的事，赔钱的事当作赚钱的事来办"。正是在这样的思想指导下，他们投入较大经费举办了一系列群众喜爱的文化活动。

——新的职能作用。在新的历史时期，原广义的群众文化已裂变为文化艺术业务、文化市场（娱乐方面的）和社会文化（家庭、校园、企业等）三块。张家港市文化馆主动适应这一变化，充分显示其指导、主导、引导等职能作用。所谓指导，就是按照市文化局下达的全市文化工作任务、指标，文化馆具体组织检查、督促和考核。这样做，有利于市文化局由办文化向管文化方面转变和精减人员，减少环节，提高效率；也有利于市文化馆提高凝聚力、辐射力和渗透力，更好地开展文化艺术业务。所谓主导，就是在文化市场发展很快、新问题也越来越多的情况下，作为国办文化，就要树立良好形象，起榜样作用。所谓引导，就是举办各类培训班和到基层实行面对面的辅导。去年，市文化馆面向全市举办了厂歌词曲创作、工矿企业实用美术、时装、美容、礼仪等培训班30多期。

——新的运作方式。张家港市文化馆在改革实践中，努力探索科学的管理方法，实行新的运作模式，已充分显示出生机和活力。他们规定，文化业务块实行任务包干制，文化经济块实行指标承包制，行政后勤块实行岗位责任制。文化经济块还实行"三三制式"，就是三放权（经营管理权，人事使用权，工资、奖金和费用审批、发放权）、三核定（核定工资基数和奖金比例、核定部门工作人数、核定奖金和费用比例）、三统一（在编干部职工统一调配、财务统一管理、行政事务统一领导）。行政后勤块设立了"创作、创新、勤奋"奖。市文化馆年初签订责任书、合同，年终通过考核发放奖金，业务干部年收入一般为1.2万元，经济实体负责人年收入一般为3万元。这些管理办法有效地调动了干部职工的积极性，促进了文化事业的发展。

——新的文化效应。去年，张家港市文化馆坚持"双主业一肩挑，双效益一起要"的观念，达到"依靠自己的努力，提高自己的实力，办好自己的事业"的目的。实业上，抓住机遇，向二产发展，开办了霓虹灯厂，经济实力大为增强。同时，在"文化搭台、经济唱戏"等活动中，也显示了不凡的功力。事业上，呈现出活动丰富、作品繁荣新景观。从这里的群众文艺舞台上看到了新兴港城的风貌，让人真切感受到了"张家港精神"。

（三）

在张家港采访的两天，给我留下深刻印象的还有张家港市文化人的机遇意识和拼搏精神。

徐洪高，市文化馆的当家人，去年4月开始兼任市文化局副局长，分管农村文化和文化市场。他从苏州地区师范学校毕业后，一直在张家港市文化馆工作。1988年任副馆长，四年后任馆长。创作的上海说唱《榜上有名》、对唱《江边渔歌》、女生表演唱《宝宝对我笑一笑》曾晋京演出，据说在省以上发表、获奖的曲艺作品也不少。此外，我还在刊物上读过他的理论文章，如《县级市群众文化建设探讨》《对市场经济条件下群众文化走势的探讨》《新形势下群众事业单位管理初探》，等等。他给人的印象是具有从容的人生态度、深沉的忧患意识。他一再对我说，文化部门要强化机遇意识，要兴实业、壮实力。过去我们一直依赖国家，许多想办的事一时办不了。自己有钱才方便，没有经济何谈事业，又哪来艺术精品？现在主动出击还不算晚，但再犹豫就被动了。当然，实业与事业的关系也要把握好，办实业的根本目的是繁荣事业。市文化馆的许多同志反映，徐洪高做什么事都有一股锲而不舍的精神，为了多出精品和各项文化成果，他一心扑在事业上，没有一天休息日。徐洪高已连续三年被张家港市委评为"优秀共产党员"，1992年还被苏州市人民政府授予"优秀文艺工作者"称号，这是对他在"突出主旋律"和"以服务为中心"的工作的肯定。

吕大安，主持日常工作的副馆长，一年到头总是在盘算文化活动怎样有序进行。他长期从事戏曲创作，著有戏曲集《今晚的月亮》，曾获得过江苏省农村小戏征文比赛创作一等奖。由他参加创作和演出的小品《雅皮士俱乐部》受到专家的好评和观众的喜爱。

蔡春林，广告图片社经理，也是中年人。近20年来，他的主要任务就是为市里重大活动拍照。由于每年花费都要两三万元，他心疼，考虑搞点创收弥补。他于1990年实行有偿服务，1992年索性拉人成立了广告图片社。在他的办公室，我见到了凝聚他辛勤汗水的不少本画册，这都是他亲手摄影、编辑的。

袁春华，艺术辅导中心干部，1965年从上海戏剧学校毕业后，跑了不少"码头"，1990年才调到市文化馆。从戏剧转向舞蹈，也是有难度的，但他靠勤奋，出了不少有力度、有影响的作品。《女儿红》《多彩的世界》《堆花》都曾在全国、省一级舞蹈比赛中获过奖，《东渡之魂》在今年江苏省"民歌民乐民舞"比赛中出尽风头。该舞蹈经过两年的案头准备，又反复排练了一年。可以说，没有毅力，决不会有《东渡之魂》。

陈彩芬，家用纺织品进出口公司经理，刚过而立之年，已是张家港市文化企业界的"大姐大"。这个公司曾隶属于文化馆，后来升格为局办。尽管如此，市文化馆的干部职工总还是要谈到她。去年，陈彩芬以自营为龙头，外接单子，内找货源，坚持创汇创利并举，实现外贸供货额1.36亿元，自营出口880万美元。她不忘"兴实业促事业"的宗旨，尽管周转资金有困难，还是为文化繁荣提供资金35万元。

在市文化馆，还有许多人以一技之长，默默奉献着。孙丽蓉、徐兴涛都是从外单位引进的，分别领衔办起三星楼餐厅和霓虹灯厂，冯品文搞实用美术出身，办装饰公司正合适。这3个企业去年实现的利润总数超过120万元。音乐辅导干部徐新元、美术辅导干部林子刚，每年都能创作出一批优秀作品，其中不少在省以上报刊发表、获奖。

张家港市文化馆已使文化事业由计划经济向市场经济的历史性跨越迈了一大步。他们的选择初步体现出这是一条文化人大有作为、文化事业充满希望的辉煌之路。

1995年04月07日《中国文化报》

大力推进文化事业发展 以崭新面貌迎接新世纪
——江阴市文化工作的调查与思考

江苏省江阴市是长江下游新兴的滨江城市，也是历史上著名的军事重镇和重要商港，素有"江海门户""锁航要塞"之称。前不久，我们来到富裕文明的江阴，对该市的文化工作情况进行了较为广泛、深入的调查。

自 1987 年撤县建市以来，江阴已荣获国家卫生城市、文化模范市、乡镇企业先进市、农民收入先进市等 40 项全国先进称号。1998 年 4 月，江泽民总书记兴致勃勃地视察了江阴，并在江阴发表了关于乡镇企业发展问题的重要讲话，极大地鼓舞了 114 万江阴人民。去年江阴的国内生产总值和财政收入分别达到 274 亿元和 14.57 亿元，在全国处于领先地位。在经济快速发展的同时，该市的精神文明建设也达到新的水平。他们以建成全国首批文明城市为目标，大力实施理论武装工程、党员示范工程、文明创建工程和"一二三"家庭读书工程，弘扬"江阴文明我的责任，文明江阴从我做起"的新风，市民的文明素质和社会文明程度不断提高。尤其可喜的是，近几年来，江阴的文化工作坚持以邓小平理论和党的基本路线为指导，坚持"二为"方向和"双百"方针，以改革为动力，以建设为重点，以繁荣为目的，主动适应社会主义市场经济体制，发挥自身的优势，大力建设具有地方特色的小康文化，取得显著成绩。

——文化设施加快建设。近几年来，江阴加大文化投入，逐步建立起多元化的文化投入机制，形成了市、镇、村分级投入，国家、集体、个人多元投入，文化单位创收投入，吸引外资投入的新格局。市区建有文化馆、图书馆、博物馆、新华书店、电影院、影剧院、音乐厅、工人文化宫、少年宫、老年宫等文化设施和一大批娱乐场所，门类齐全，功能配套。其中文化馆建筑面积5000平方米，被评为全国标准文化馆，是文化部、人事部表彰的全国先进文化馆。图书馆建筑面积3500平方米，可藏书80万册，现有藏书26万册；近年来市财政投入85万元建立了微机自动化管理系统，并与上海图书馆联网，是全省第一个使用微机管理的公共图书馆，被文化部和省文化厅分别评为全国、全省文明图书馆。音乐厅建筑面积5000多平方米，能容纳观众900人。该厅装潢典雅，设备先进，是国内一流水平的多功能音乐厅，得到国内外专家和文艺团体的高度评价。在乡镇一级，江阴大力推进文化活动中心建设，其基本标准为"五个一"：即一座影剧院，一个1000平方米以上的文化活动楼，一个藏书万册以上的图书馆，一个画廊、板报宣传阵地，一个综合性体育活动场地。目前全市28个镇中有50%建成了文化活动中心。全市镇级文化设施总面积达到10万多平方米，平均每镇超过3500平方米，其中文化站设施总面积3.3万平方米，站均面积1200平方米，文化站开展活动项目均在10项以上，28个文化站全部达到三级站以上标准，其中特级站5个、一级站10个、二级站9个。长泾镇还建成了无锡地区唯一的国家级儿童文化园。全市市镇两级公共图书馆藏书95万册，达到全市人均0.83册。其中市区公共图书馆藏书31万册，达到人均1册以上。全市有乡镇影剧院27个，占乡镇总数的96.4%；有书场15个，是全省开设书场最多的县（市），被誉为"苏南第一书码头"。

——文艺创作佳作迭出。江阴坚持以精神文明建设"五个一工程"为导向，全面实施精品战略，通过加强组织领导、加大扶持力度、落实创作规划、集中力量攻关、健全激励机制等措施，促使文艺创作上水平、上台阶。每年创作的文艺作品总量在5000件左右，在市以上演出、展览、发表、获奖的500件左右，并在戏剧、小品、故事、文学、音乐、油画等方面形成特色和优势，戏剧创作佳作不断。专业剧团创作上演了一批具有地方特色和突出主旋律的新剧目。继《寂寞红豆魂》《天涯情仇》之后，《双碑记》在第二届省戏剧节上获9项奖，去年又创作了《大桥情》《布衣霞客》两个大戏。《大桥情》在第五届江苏省锡剧节和第三届江苏省戏剧节上分别荣获9项奖和8项奖，将作为庆祝新中国成立50周年和江阴长江公路大桥建成通车的献礼剧目。音乐电视片《刘天华》获中国电视飞天奖。电影剧本《丑汉俊妻》由长春电影制片厂完成摄制，并参加了长春国际电影节。小品

《说句心里话》《紧急电话》《意见箱》，小戏《阿二骂钱》《小辣椒相亲》等一批优秀作品在全国、全省获奖，其中《意见箱》获文化部群星奖银奖。江阴故事创作长盛不衰，连续多年在无锡市新故事会讲中囊括一等奖，并产生一批精品力作。如《小校长怒砸校门》获文化部群星奖银奖，《桑琼泪》获全国新故事大赛一等奖和江苏省五星工程奖。另有一批江阴故事专辑、个人故事作品集问世。去年被省文化厅命名为"故事之乡"。江阴文学创作实力雄厚。每年在省市以上发表、出版文学作品350万字以上，先后创作出版了几十部长篇小说和短篇专集，其中文化系列散文《湮没的辉煌》荣获中国作协鲁迅文学奖。此外，还出版了《童年的小树林》《弯弯的小路》两本儿童文学集。江阴音乐创作渐入佳境。《背太阳的哥哥》《天华的琴声》《渔乡的孩子》《三个和尚抬水歌》等10多首歌曲在全国、全省获奖。油画创作势头强劲，曾赴无锡市举行江阴油画展，参加省美展入选率居县（市）级之首，形成了一个数量可观的中青年油画作者群体。江阴的书法作品屡屡入选全国、全省书展，在省内有一定影响。

——文化活动形成特色。坚持节庆活动与常规活动相结合，主题系列活动与专题单项活动相结合，参与型群众文化活动与欣赏型精品展示活动相结合，做到常年不断，常办常新。全市城乡每年开展文化活动逾千项（次），其中千人以上的活动150项（次），全市性的大中型有影响的文化活动10项左右。由市政府主办的每两年一届的徐霞客文化旅游节，既是面向海内外的商旅活动，也是集中展示一段时期内文化艺术成果的舞台。其中与全国音协联合举办的全国青少年民族器乐比赛、与中国徐霞客研究会联合主办的全国徐霞客学术讨论会，以及《天华故乡民乐风》大型音乐会已成为文化旅游节的固定活动项目，在国内具有较大影响。每逢重大节日和纪念日，全市都要开展一系列文化艺术活动，如1997年的"庆七一，迎回归"系列活动，去年的纪念改革开放20周年系列活动，今年4月18日的庆祝江阴解放50周年大型广场文艺演出等。

开展"一二三"家庭读书工程建设。提倡每一家庭拥有1个书橱，订阅2份报刊，藏有300册图书，逐步形成"人人爱读书、个个讲文明"的社会新风尚。通过四年的努力，全市已有50%的家庭达到"一二三"标准。此项活动得到了上级领导的充分肯定，省委宣传部专门在江阴召开现场会，总结推广江阴的做法。人民日报社、中央电视台等几十家新闻媒体作了报道或专访。

开展创建特色文化镇、评选特色文化家庭活动。要求各镇根据当地的人文资源和文化传统，创建特色文化基地。目前，月城镇被命名为省"戏曲之乡"，璜土镇被命名为无锡市"书画之乡"。江阴在被命名为省"故事之乡"之后，正积极努力，争创省"民乐之乡"。为倡导文明健康的家庭文化生活方式，分文学、音乐、舞蹈、戏曲、书法、美术、摄影、收藏、民间工艺、园艺等10

个门类评选特色文化之家，每两年评选一次，目前全市已有特色文化之家83个。

实施百村文化活动中心辐射工程。建设一个集文化、体育、科教于一体的文化活动中心，既是把市、镇文化活动中心向村、厂辐射，进一步丰富群众业余文化活动的需要，也是村、厂自身再发展的需要。自1996年起，江阴提出花五年时间，在全市建成100个村、厂文化活动中心。具体要求是：（1）拥有500平方米以上文化活动面积；（2）拥有一个藏书3000册（或人均5册）以上的图书馆；（3）常年开设5个以上文化活动项目；（4）拥有一个不少于10平方米的画廊、板报；（5）有与开展活动相适应的专兼职管理人员和活动经费，有完善的管理制度。继阳光集团、华西村、三房巷村等建成堪称一流的文化活动中心后，澄江镇花园街、滨江房地产开发公司、璜土镇北湖西村等又建成较高标准的文化活动中心，成为市镇两级文化设施的拓展、延伸和有效补充。到目前为止，全市已建成83个村、厂文化活动中心。

——文化市场管理有序。江阴的文化市场发展较快，已形成电影、演出、娱乐、音像、书刊、美术、民间集藏品、艺术培训等门类，在总量、规模和档次上都达到了较高水平。全市现有文化娱乐经营单位1250多家，能够满足广大群众的文化消费需求。在文化市场的管理上，他们主要抓住三个关键环节：（1）加强领导协调，形成管理合力。江阴市委、市政府高度重视文化市场的建设与管理，每年排出工作重点，列入市精神文明建设和政府工作年度目标。市领导经常深入基层，进行现场检查和调研，近年来较好地解决了管理体制、管理责权、管理法规、管理力量等问题，保证了文化市场管理的有序进行。（2）加强宏观调控，优化结构布局。一是在导向上调控，及时对文化市场的发展提出政策导向，明确优先发展什么，控制发展什么，严禁发展什么；二是在总量上调控，调节供求平衡，减少重复投资，稳定经济收益；三是在结构上调控，规模上以中小型为主，档次上以中档为主，项目上鼓励兴办知识型、艺术型的经营项目，如书刊、美术、文化集藏品、艺术培训等；四是在布局上调控，市区布点做到疏密得当，近年来特别重视农村文化市场的培育和开发；五是效益上调控，对社会效益好但微利甚至可能亏本的项目，给予政策扶持，通过减免税费、返利、补贴等办法，确保其生存与发展。（3）坚持"扫黄打非"，确保健康有序，做到"四个结合"：一是堵源与截流相结合。堵源就是把住进货关、印刷关。海关、邮政及交通运输部门加强对书刊、音像制品的审查监督。书刊印刷严格执行定点制度和准印证制度。截流就是把住送审关、销售关、租借关，发现问题，严肃查处。二是日常管理和突击清查相结合，一方面坚持日常的检查制度，如娱乐场所的巡视制度、音像行业的例会制度、音像制品的送审贴花制度、经营人员的培训制度、经营台账制度、年审制度等，另一方面有重点地组织"扫黄打非"集中行动，或在一个阶段中对某行业实行专项整治。三是教育、引导与从严查处相结合。江阴在文化娱乐行业开展了"人民满意"行业达标争先活动，制定了文明服务规范，采取培训考核、持证上岗、争先达标、奖优罚劣等措施，帮助经营者端正经营思想，处理好两个效益的关系。对违法违规经营行为，则旗帜鲜明，态度坚决，有案必查，有查必果，决不姑息迁就。四是扶正与压邪相结合，通过丰富多彩的文化活动，用优秀的文化产品和健康的娱乐活动占领文化市场。通过艰苦努力，江阴市文化市场健康繁荣、管理有序，多次受到省文化厅的表彰。文化部还在江阴召开了全国文化市场管理工作会议，对江阴的文化市场管理给予充分肯定和赞扬。

——文物保护得到加强。"九五"初期，江阴市委、市政府明确提出了争创江苏省历史文化名城的目标任务，市文化局以此为契机，对文物保护工作进行了全面规划，落实了一系列保护措施。（1）加强规划，健全保护网络。制定了《江阴市文物保护规划》，提出了文物工作的方针原则、主要任务和保护方法。江阴现有市级以上重点文保单位56个，其中省级文保单位5个。近年来，江阴市文化局对这些文保单位陆续划定了保护范围，落实了保护责任单位，签订了保护责任书，形成了健全的保护网络。（2）增加投入，抢救保护文物。1996年以来，江阴投入1000多万元用于重点文物保护单位的修缮。如投入近800万元全面修复省级文保单位江阴文庙，并利用外园建立了民间文化市场。投入200多万元修复了小石湾古炮台。今年市财政又拨款80万元，用于修缮原国民党江阴要塞司令部旧址。坐落在江阴长江公路大桥风景区内的一批文物设施也得到了修缮与保护。在大桥建设过程中，江阴市文物部门为保护古炮台做了大量工作，促成大桥建设部门修改设计方案，做到保护文物与建设大桥两不误，为此增加投资2000多万元。（3）加强古文化遗址的保护，有计划地进行抢救性发掘与研究。使用微波遥感技术分别对周庄吴王阖闾第八子墓、申港吴季子墓、西石桥梁敬帝墓、璜土姬光太子墓、青阳凌统墓等古文化遗址进行考古探测，制定了保护措施。与南京博物院考古队合作，对云亭花山马桥文化遗址进行了抢救性发掘，出土陶片上万片，石器50多件，以及古象臼齿化石。经中国社科院、南京博物院等专家实地勘察和鉴定，认为花山马桥文化遗址的发现，具有很高的考古价值，为解开吴越文化源流之谜提供了佐证。（4）加强博物馆、纪念馆建设。市博物馆加强藏品建设，已收藏文物8000多件，经国家、省、无锡市专家鉴定的等级文物数量在全省县（市）级中位居前列。按照"九五"规划，江阴将于近期新建市历史博物馆。除博物馆外，江阴还建有徐霞客纪念馆、刘氏兄弟纪念馆、中医史陈列馆、爱国高僧巨赞纪念馆、周水平烈士纪念馆、缪荃孙纪念馆、江阴历史陈列馆等，并以此为阵地，建立了一批爱国主义教育基地。

——文化产业稳步发展。近几年来，江阴针对文化经济发展过程中出现的矛盾和问题，主动出击，知难而上，对文化企业进行了全面的清理整顿，并按现代企业制度的要求，实施重组和改制，使文化企业真正成为产权明晰、权责明确、管理规范、能够独立承担民事责任的企业法人，使文化经营摆脱困境，开始进入良性发展的新阶段。具体步骤分三步走：（1）盘清家底，理清资产。对文化企业的注册资金、净资产情况做了全面调查核实，为改制、改造做好前期准备工作。（2）因企制宜，清理整顿。区分不同情况，做出不同处理。全系统共破产企业2家，歇业注销企业40多家，转让企业3家，兼并企业2家。（3）一企一法，实施改制。改制分三步走：第一步是对所有保留企业请评估机构进行资产评估，与国资管理部门一起科学界定产权。第二步是合理配置股权。原主办单位以企业净资产评估价入股，经营者参大股，中层干部参中股，一般职工自愿入股。在配置股权时，掌握以下几条原则：一是对属于支柱性实体，且效益较好的企业，公有资产尽量控股；不能绝对控股，也要相对控股。二是对前景一般，特别是经营者素质和能力一般的企业，尽量不控股，甚至可以把所占股份降到最低限度。三是对现资产总量大、负债率过高的企业，通过募集社会法人股的办法，把股权让出去，把债务降下来，让企业减轻负担。江阴市音乐厅就是这方面的成功例子。音乐厅总资产1600万元，债务1440万元，后由江南模塑集团总公司以 1440 万元现金投入，占 90% 股份，与江阴市影剧公司合资组建江阴市音乐厅有限责任公司。作为企业向社会的回报，协议规定音乐厅不论盈亏，每年保证影剧公司 12% 的分红，音乐厅无力支付，由模塑集团支付。今后模塑集团对音乐厅不管增加多少投入，都以送股的形式，保证影剧公司始终拥有 10% 的股权。目前，音乐厅的债务为零，可以说是轻装上阵，后劲十足。第三步是严格按照法定程序办理股份制企业的工商注册手续。到目前为止，江阴 62 家文化企业全部完成了清理整顿和改制改造，已成立有限责任公司 6 家，股份合作制企业 2 家。在此基础上，开展了改制企业回头看，着重规范企业行为，落实各项规定，促进健康发展。同时，还制定了改制企业管理暂行办法，初步建立起资本经营运作机制。

江阴的文化工作取得如此骄人的成绩，原因是多方面的。通过深入调查和思考，我们认为，其主要经验和启示可以概括为：

1. 浓厚的历史积淀、良好的经济基础和崭新的现代文明对文化建设至关重要。江阴是吴文化发源地之一，见诸文字记载的历史有 2500 多年。从出土的文物来看，江阴的文明史可以追溯得更远。江阴人文荟萃，在这片土地上，孕育了明代杰出的地理学家徐霞客、著名现代文学家刘半农、民族音乐家刘天华、"中国机器人之父"蒋新松等一大批在国内外享有盛誉的杰出人物。早在 1912 年 10 月，民主革命的先行者孙中山视察江阴时就寄语江阴人："叫全国的文明，从江阴发起。"1949 年 4 月 21 日，中国人民解放军百万雄师横渡长江时，在江阴出现了"渡江第一船"。改革开放初期，作为乡镇企业发源地之一的江阴创造并实践了"四千四万"精神。改革开放 20 年来，江阴的国内生产总值年平均增长 18.3%，高于全省平均增长率 5.6 个百分点，一大批像华西、双良、阳光、三毛、申达等大企业集团的产品称雄国内和国际两个市场。多年来，江阴始终坚持"两手抓，两手都要硬"的方针，广泛深入地开展了精神文明活动和社会主义职业道德、社会公德、家庭美德教育，人民群众的文明素质得到了极大提高。中国青年志愿者行动扶贫接力计划，江阴报名者最众，参加者最多，先后有 14 名青年志愿者赴山西吕梁、广西百色、陕西延安等地参加了共青团扶贫助教接力赛，江阴也因此被胡锦涛同志誉为"志愿者之乡"。

2. 发展文化事业的思路十分明确，以文化工作为主体，推进文化产业的发展，抓好文化市场的建设和管理。多年来，江阴市文化部门通过学习邓小平理论，进一步解放思想，走出了一条有特色的"一体两翼"发展之路。一体就是以文化工作为主体。他们认为，建设有中国特色社会主义的一个重要标志，是物质文明和精神文明协调发展。社会主义文化是社会主义精神文明的重要组成部分。加强文化建设，对于不断满足人民群众日益增长的精神文化需求，提高全民族的思想道德和科学文化素质，促进经济发展和社会全面进步，具有重要作用。文化工作在任何时候都不能放松或削弱。两翼是指文化产业和文化市场。他们认为，文化产业的发展是社会、经济发展的一个必然趋势，抓好了有可能成为经济发展的重要的增长点，成为文化发展的新机遇；文化市场面广量大，有健康发展的一面，但也存在不少问题，需要加强管理。为此，他们把发展文化产业作为文化跨世纪发展的重要指导思想，立足文化本体，重点开发文化人才、技术、资金、信息、设备和区位优势等，把加强文化市场的日常管理和集中管理作为一件大事切实抓好，深入研究文化市场的新情况、新问题，坚持按"一手抓繁荣，一手抓管理"的方针来管理和规范文化市场。

3. 适应社会主义市场经济体制的要求，把市场机制引入到文化工作的各个领域。市场经济的一般原则，是优胜劣汰，等价交换，平等竞争。随着市场经济体制的确立，经济基础发生了根本性的变化，文化不转变就不能生存。江阴市文化部门按照社会主义市场经济基本框架的要求，积极探索文化事业改革和发展的路子。无论在艺术生产机制、用人机制、分配机制以及社会保障机制上，都能够按照市场经济的基本规律和要求去探索和创新。周庄文化站建筑面积达 1.1 万平方米，文化设施一流，1998 年建成后面向社会招租；申港文化站面向社会招商盖文化活动综合楼，也取得良好的经济效益。图书馆把单一的教育职能与情报信息职能有机结合起来，全方位提供网络信息，与电信部门资源共享，利益共分。博物馆把江阴的人文资源变为旅游资源，既保护文物，又使之产生经济效益。锡剧团一方面依靠政府扶持，一方面逐步走向市场。去年，他们成立了营销部，由外聘的三人组成，落实了每年 150 场、每场 4000 元的任务。

4. 始终坚持以人为本的思想，重视人才的培养、锻炼和使用。以战略的眼光、开拓的精神，站在面向 21 世纪的高度，努力培养和造就一支跨世纪的能适应文化发展需要的人才队伍，促进文化强市建设和文化事业的进一步繁荣发展，这是江阴市文化局局长曹金千多年来一直在认真思考并做出准确回答的一个问题。1998 年，在他的倡议和主持下，江阴市文化局制定了人才工程规划实施意见。他们大胆引进各类人才，在编制许可的情况下，文化馆、图书馆、博物馆、影剧公司每年都有选择地引进 1 至 2 名具有本科以上学历或中级以上职称、年龄在 35 周岁以下的业务技术人员。锡剧团、评弹团和乡镇文化站每年也都从艺术院校或专业对口的毕业生中引进 2 至 3 名毕业生。对文化系统所有人员，则积极培养教育，鼓励他们参加各类业余函授教育。通过学习取得文凭的，单位报销学费；学习成绩突出的，进行表扬并给予一定的物质奖励，同时要求他们在进入 21 世纪前，都能取得中专以上学历。文化局还十分注重抓好技术人员的再教育工作，每年都组织他们参加部门、行业组织的业务学习和学术研究，或到大专院校作短期进修；关心通过自学取得高学历和业务上有突出贡献的同志，积极组织他们申报专业技术职务，一经评定，即办理聘用手续并落实相关待遇；对文化系统的优秀人才也在政治上关心，有的推荐担任人大代表、政协委员，有的吸收进党组织，有的给任务、压担子，让他们尽快在实践中锻炼成长。

5. 党委、政府重视，文化经济政策落实到位。近几年来，国家和省出台了一系列关于进一步加快文化建设的经济政策，江阴市委、市政府对此高度重视，专门召开全市文化工作会议，并出台了《关于进一步加强文化工作的决定》予以贯彻落实。目前，有关的文化经济政策已得到全面落实。市镇两级财政加大对文化事业的投入，每年对文化事业的拨款的增长幅度高于当年财政预算增长幅度的 1 至 2 个百分点。对政府兴办的公益性文化单位，确保人员经费、业务活动费和基本建设费用的落实。市财政每年单独安排用于开展大型文艺活动、重要演出以及文艺精品生产的专项拨款达到 50 万元以上。市里还建立了文学艺术创作奖励基金。市财政每年在预算内安排一定数额的文物征集、保护专项资金，并每年在城市维护费中提取 10 万元，用于市级以上重点文物的维修。市镇两级财政保证公共图书馆的购书经费，并逐年有所递增，力争到本世纪末藏书达到人均 1 册以上。市政府通过财政拨款、政策优惠等多种渠道逐步解决专业剧团演职员的住房、煤气等问题。开征的文化事业建设费主要用于宣传文化事业的发展，特别是扶持文艺创作。市财政安排宣传文化发展专项资金逐年增加，1998 年达到 140 万元，其中 70% 用于文化。公益性文化设施建设的有关税费得到减免，企业对文化事业的捐赠其税收减免也按规定得到落实。

1999 年 07 月 29 日《中国文化报》理论评论版

特色文化　润物无声
——常熟市农村特色文化建设情况的调查报告

常熟市是国家级历史文化名城，也是首批被文化部、人事部联合表彰的"全国文化工作先进地区"。近年来，常熟市经济迅猛发展，农民富裕了，文化需求与消费与日俱增。然而一度时期，农村基层文化工作总停留在陈旧的模式中。结果政府投入再多，文化阵地再大，基层文化干部再累，农村群众仍不满意。为此，常熟市文化局根据各镇文化资源条件，经济发展的侧重点等现状，提出了以特色文化建设为重点，带动全市农村文化全面繁荣的工作思路，探索出了在新形势下发展农村文化事业的一条有效途径。

建设特色文化基地，创立文化品牌。常熟市文化局在充分调查研究的基础上，首先把特色文化基地建设作为工作重点。为使特色文化基地建设有章可循、评比有据可查，他们把特色文化基地分为表演艺术、造型艺术和其他文化艺术三类，并制定了八条标准：一有具有地方特色和区域影响的文化艺术项目，并有广泛的群众参与面；二有镇领导负责、文化站具体协调的组织机构；三有活动阵地或载体，具有相应的设备和经济来源；四有较完整的活动规划、制度及档案资料；五有一定的文化艺术成果在苏州市级以上展览、发表、获奖；六有一批具有一定影响的文化艺术骨干；七有为乡镇经济和社会事业发展服务实例；八有能反映特色文化建设的调研报告或理论文章。在此总原则下，还针对不同类别的项目，提出不同的量化标准。在具体操作阶段，他们始终遵循文化工作自身的规律，依据特色文化建设过程中出现的新情况不断调整方案。开始，他们的注意力集中在特色文化基地评比这样一个比较单一的层面上。但是由于有些镇虽然活跃着一些文化队伍、骨干乃至一些家庭，可要成为特色文化基地，条件还不具备。为了全方位调动各镇进行特色文化建设的积极性，他们从实际出发，把评比范围在纵向上进行延伸，开展了特色文化团队、特色文化家庭的评比活动，并把有一定艺术造诣的骨干命名表彰为农村文化明星。这样，对各镇特有的文化资源进行深加工，培养了各镇的文化优势项目。同时，按照各镇的实际情况，分别为其确定了特色文化建设的发展目标。对条件比较成熟的白茆（山歌）、徐市（灯谜）、谢桥（书画）、虞山（黑板报）、沙家浜（旅游文化）等镇，鼓励其首先成为常熟特色文化基地，并希望其努力建成苏州特色文化乡镇和省级民间艺术之乡。对具有一定基础的古里图书、任阳篆刻、虞山林场盆景园艺等，则要求其积极创造条件，不断完善，尽快跨入特色文化基地行列。对一时达不到特色文化基地要求的镇，则鼓励其申报特色文化团队，并希望其发挥团队的作用，通过开展活动吸引更多的群众参与，逐步培育出本镇的特色。由此，何市镇的村娃艺术团、支塘镇的民乐队、冶塘镇的童心故事队、董浜镇的小记者摄影队、王庄镇的戏剧队等迅速成长起来，成为当地文化活动的主要力量。

典型引路，整体推动。在农村特色文化建设中，他们始终注重抓典型，以此带动全市的特色文化建设。虞山镇在全市最早进入省群文先进镇行列，黑板报工作的基础较好。近年来，该镇文化站在黑板报的质量和规模上下功夫，将原有的十几块板报扩展到百余块，编写员队伍扩展到百余人，每年举办编写人员培训班，组织对黑板报的总结检查，实施星级评比，安排专人编印《黑板报材料选》，每年出刊60多期，下发各街道居委会及全市各镇，目前编发总数近千期。他们还围绕全镇的中心工作，经常组织黑板报联展。由于信息量大，又建于道路旁边，深受群众欢迎，虞山镇黑板报被誉为"常熟日报城区版"，并被国家司法部树为法制宣传典型，成为常熟一道亮丽的文化风景。任阳镇是全市的经济薄弱镇，镇政府在实现了创建省群文先进镇目标之后，针对文化阵地活动品位不高的现象，把群众中的篆刻艺术骨干组织起来，通过请专家辅导，开展业务交流等，使任阳的篆刻特色文化冲破了地域局限，在省内外产生了影响。

典型的培养不是一朝一夕的事，常熟农村特色文化建设的不少典型是通过持之以恒、反复不断地开展同一主题的活动树立起来的。沙家浜镇是新四军创建的水乡游击根据地，一出京剧《沙家浜》使它闻名全国。近年来，常熟市文化局依托"沙家浜"的艺术形象开展广泛的文化交流，使沙家浜成为革命传统教育与休闲观光度假相得益彰的胜地。白茆山歌源远流长，中外闻名，是吴歌范里的一朵奇葩。为了开发、利用这种民间文艺资源，他们与当地政府共同投资，建成了融文字、图板、照片、音像于一体的白茆山歌馆；以当地的山歌演唱好手和省内外的民间艺术研究专家为主体，成立了白茆山歌研究会；邀请专家到白茆举办民间文艺研讨会，让白茆山歌"走"出常熟，获得更大的发展空间。一些中外专家专程到白茆进行实地考察，探讨这种无形文化资源的传承之道；白茆镇还被文化部命名表彰为"中国民间艺术之乡"。古里镇的铁琴铜剑楼，在保护、传播、弘扬中华文化上，作出过重要的贡献。为了保护、开发、利用这一珍贵的历史文化资源，早在上世纪 90 年代初，他们就建成了铁琴铜剑楼纪念馆。1996年，他们又与当地政府共同投资，在纪念馆旁边建起了一座 300多平方米的图书馆，古楼与新馆相互映衬，成为展示瞿氏五代悉心藏书、著书、印书、护书、献书的动人事迹，启迪当代人投身到读书成才、报效祖国活动中来的重要载体。

在树立镇特色文化建设典型的同时，他们依据一些镇原有的特色和长处，直接帮助兴建或修复了梅李聚河塔、何市虹隐楼等文物古迹和文化设施，建立了10多支具有一定特色的文化团队，辅导了数十个特色家庭。为发挥文化骨干在特色文化建设中的带动作用，他们在省美术馆举办了"农民画家顾纯学书画展"、与省吴歌学会一起组织了"陆瑞英民间文艺研讨会"、与省音协联合召开了"王金元创作歌曲演唱研讨会"，向省内外隆重推出顾纯学、陆瑞英、王金元3个常熟农村文化明星，在全市农村产生了积极反响。

常熟农村特色文化建设的时间不长，成效却非常显著。从实践看，它适应了当前农村经济、社会、文化的现实，对促进农村基层文化建设具有重要作用。

一是有利于巩固创建成果。1990年开始的创建群文先进县（市、区）、乡（镇）活动，对全省各地群文事业，尤其是对乡镇文化建设，具有强大的推动作用，特别是反映在文化设施硬件建设上，得到了很大的加强。但在创建中，也一度出现重"硬"轻"软"现象。常熟的特色文化建设，一开始就是从文化软件建设入手，通过这几年的努力，弥补了不少基层文化单位软件建设中存在的不足，较好地巩固了上一轮创建成果。

二是有利于调动基层领导的积极性。经济是基础，文化属上层建筑范畴，没有强大的经济基础，文化建设将缺乏坚强的后盾。这些认识无疑是对的，但也导致一些经济相对薄弱镇的领导，形成"文化强镇必然是经济大镇"的思维定势，思考方法总是先抓经济，等经济发展了，再对文化进行投入。而常熟的特色文化建设，引起全市所有镇对自身拥有的文化资源的重视和培育，也调动了经济发展相对滞后的镇开展文化工作的积极性。

三是有利于满足农村群众日益增长的文化需求。特色文化，本身来源于群众，扎根于群众，自然也就为群众所喜爱。常熟的同志介绍，在白茆举办卡拉 OK 演唱比赛，参加者不多，而举办白茆山歌对抗赛，群众蜂拥而至。随着常熟农村特色文化建设的逐步深入，镇际之间的特色文化活动各领风骚，遥相呼应，互为补充，扩大了农民群众文化需求的活动空间。

四是有利于发展文化产业。常熟通过抓农村特色文化建设，使不少特色团队、家庭和个人成为具有一定知名度的"文化品牌"。在企业开张、庆典、产品展示展销活动中，文化团队为他们提供文化服务。在文化艺术培训业中，文化艺术明星以及团体、家庭的代表，不少成为培训班的老师。在产品宣传、广告策划制作中，企业聘请的总是当地具有较高知名度的文学、美术、书法、摄影等方面的大师。常熟的文化团队、家庭和个人等文化资源，已开始转变为经济资源。

2002 年第 01 期《群众》

黄梅戏《红楼梦》版权之争

各执一说的新闻战

1993年1月20日,《安徽日报》扩大版发表了《大奖后的风波——黄梅戏〈红楼梦〉演出引起的版权纠纷》,使黄梅戏《红楼梦》版权纠纷公开化;

3月29日,《上海电视》杂志发表了《马科致陈西汀的公开信》,导演公开发表意见;

4月2日,《中国文化报》周末版发表了《人大代表马兰诉说停演真相——黄梅戏〈红楼梦〉获奖后惹出版权纠纷》,该文因主演马兰的倾向性态度而引起全国尤其是戏剧界的关注;

4月23日,《上海文化艺术报》以《改变署名状况,恢复公开演出》为题,报道3月31日,安徽省黄梅戏剧院致函陈西汀先生,通知他:改黄梅戏《红楼梦》"编剧陈西汀"为"根据曹雪芹原著集体改编,初稿执笔陈西汀"。至此,黄梅戏《红楼梦》版权纠纷已呈一边倒趋势。

就在这时,另一种声音出现了:

4月16日,《联合时报》发表了《陈西汀谈黄梅戏〈红楼梦〉风波》,披露了他编写黄梅戏《红楼梦》的前后过程;

今年第2期《上海戏剧》,发表了陈西汀与原上海戏剧学院院长陈恭敏的对话《酒不醉人人自醉——关于黄梅戏〈红楼梦〉版权纠纷的对话》，该文阐述了对黄梅戏《红楼梦》版权纠纷的一些看法。

这样，以该戏艺术顾问余秋雨（原上海戏剧学院院长、著名戏剧理论家）、导演马科（上海京剧院著名导演）和安徽省黄梅戏剧院为一方，以编剧陈西汀（原上海京剧院著名编剧）为另一方的黄梅戏《红楼梦》版权纠纷及新闻战形成。

一出好戏

1992年3月，黄梅戏《红楼梦》晋京演出。此时正值"两会"期间，剧组应邀进中南海怀仁堂演出。京城轰动后，又在上海、南京等地连演多场。不久，黄梅戏《红楼梦》获得中国戏剧最高奖——第二届文华大奖。

黄梅戏《红楼梦》有着以贾宝玉的个人活动为主线，以宝黛爱情为辅线的全新结构，视角带有鲜明的理性批判意识，全剧的重心确立在贾宝玉个人与封建社会整体的对立与抗衡上。

黄梅戏《红楼梦》还调动了诸多艺术手段，并对黄梅戏剧种作了全面的革新，汲取了其他艺术门类的营养成份，充实了原有的表现手段。尤其是反串小生的贾宝玉扮演者马兰，"唱得哀怨悲愤，演得动人心魄"，给广大观众以强烈的审美感受。

为什么停演

　　就是这出好戏却没能演下去。那么原因是什么呢？

　　《大奖后的风波》是这样介绍的：去年 5 月 7 日，正当安徽省黄梅戏剧院处于获奖的喜悦中时，一封致安徽省文化厅、省委宣传部的信函从上海飞往合肥，写信人正是上海京剧院原著名编剧陈西汀先生。信中写道，"去年 7 月我的剧本付排后，余秋雨教授在我一无所知的情况下，去剧院修改。"信中又说："这次黄梅来沪，他在说明书上，又将历时八个月之久的顾问名次从第二位移到第一位。……加上其他种种原因，爆发了我和他之间的冲突。"信中所言，有被侵害署名权、修改权及保护作品完整权的含义。安徽省文化厅长蓝天见信后，要求黄梅戏剧院慎重对待。黄梅戏剧院此时已知陈西汀先生对剧本修改有异议，但尚未意识到此事的严重性。在上海演出前，汪琪、马兰两位院长曾拜访过陈西汀先生，试图就剧本修改等问题作出解释，其时陈西汀先生已表现得相当不愉快，当然也就未能很好地交换意见。演出结束回合肥后，黄梅戏剧院于 5 月 15 日寄给陈西汀先生一封信，以云弥补。

　　再看《酒不醉人人自醉》的介绍：陈西汀说，最令人难以理解的是，他们在"这杯苦酒谁酿成"的醒目标题下，掩盖了事实的真相。事实上，这封信是 5 月 5 日在上海美琪戏院派人送到我家里的。信中有一件至关重要的事，"风波"一文只字未提。现录如下："最近余秋雨教授向我们提出，鉴于突然产生的情况，他要求撤除艺术顾问的头衔，同时收回他改写的大量唱词、道白。这使我们非常为难，正准备与他作艰难的协商。"文中隐瞒了这个事实，又把日期推迟了10天，5月5日改为5月15日。这样，秋雨教授酿成的苦酒，就泼在我头上了！

　　为了了解余秋雨先生对这一问题的看法，笔者于1993年4月29日、5月3日两次电话采访了他。他介绍，他所以"要求撤除艺术顾问的头衔，同时收回他改写的大量唱词和道白"，原因是"陈西汀先生已因我改动剧本和排名在先提出责难"，至于"将艺术顾问从第二位移到第一位，主要是安徽省黄梅戏剧院从惯例和'名气'上考虑改动的，本人并未提出这一要求"。他还说："黄梅戏《红楼梦》已恢复公演，安徽省黄梅戏剧院也根据我的请求，删掉了'艺术顾问余秋雨'，我希望风波就此平息。"

剧本是谁创作的

　　黄梅戏《红楼梦》的著作权归谁，这出戏是个人创作，还是委托创作、合作创作，争论很激烈，这也是该纠纷的核心问题。

　　陈西汀先生发表在《联合时报》上的谈话认为，我是安徽省黄梅戏剧院汪琪、马兰两位院长亲自登门邀请的作者。付排的剧本，完成于我一人之手。剧本演出后，署名是编剧陈西汀、顾问余秋雨、导演马科。

陈西汀先生还介绍了创作剧本的经过。1991年5月2日，我、余秋雨、马科、汪琪、马兰等，聚会在新虹桥俱乐部，黄梅戏剧院两位院长面对面邀请我写《红楼梦》剧本，马兰在会上说："陈老是搞京、昆的，今天能请到您为我们写戏，真是很荣幸。"

6月初，我听说余秋雨要去广西讲学，便赶成初稿，请他提提意见。隔了一天，6月11日他写来一封信，信的开头是这样两句话："这是《红楼梦》艺术海洋中的一个新成果，不愧是大家之笔。"信末的具名是"后学余秋雨"。他提的意见是顺着八场戏的顺序，在一些具体的情节上，谈点看法，随手写上几句白口。这八场戏的顺序，一直到现在的经过排练改动的演出本，也没有变动过，这不但说明初稿已是组织严密的剧本，也说明演出本的场次、结构、人物、情节、走向没有改变。至于结尾的具名"后学余秋雨"，这说明当时彼此尊重，因而才能我请他提意见，他热情提意见，我尽量采纳意见，包括对他随手写出的某些"道白"的存留。

《中国文化报》的专访是另一种结论。文章认为，八场新编黄梅戏《红楼梦》是安徽省黄梅戏剧院委托他人创作的作品。黄梅戏剧院应视为这部黄梅戏作品的作者。这是一。

第二，余秋雨先生作为剧院正式聘请的"总体策划"或"艺术顾问"，应视为直接受托人。马科因直接参与演出本创作，应视为事实受托人。至于余秋雨先生请陈西汀先生执笔写出文学剧本初稿，那是余陈之间的委托关系，剧院可以承认，也可以不承认。

第三，黄梅戏剧院认为，其委托余秋雨先生和马科进行创作的黄梅戏《红楼梦》是部完整的作品，从法律上说，这一作品的著作权仅归安徽省黄梅戏剧院所有。

第四，安徽省黄梅戏剧院作为作品的法定作者，有权对作品的任何部分进行修改。

为了了解陈西汀先生对这一问题的看法，笔者于1993年4月28日、5月2日两次电话采访了他。5月2日，记者又收到了陈西汀先生对这一问题的书面答复意见。现摘录如下：

安徽省黄梅戏剧院有著作权，余秋雨、马科有创作权，就是我真正写剧本的人没有，这在我国剧本创作史上，是前所未见的荒谬典型。……说黄梅戏剧院是余秋雨的委托人，余秋雨在给我的信中说他修改剧本，是"受导演的委托"，一个字也没有涉及到黄梅戏剧院和他有什么委托关系。《著作权法》第17条："合同未作确定约定或者没有订立合同的，著作权属于受托人。"这就是说，即使委托者与受托者有合同，但合同上没有明确"约定"著作权属于谁，著作权还是属于受托人。退一百步来说是委托作品，著作权仍属于我写剧本的人，何况我根本与"受托"毫无瓜葛。

难说谁是谁非

笔者认为，黄梅戏《红楼梦》版权纠纷涉及的双方当事人为上海、安徽文艺界知名人士，上海、安徽宣传、文化界应予以关注，搞清事实真相，做好调解工作。从报刊发表的有关黄梅戏《红楼梦》版权纠纷和采访了解到的材料看来，笔者的初步印象是，黄梅戏《红楼梦》初稿是陈西汀先生创作的，余秋雨、马科先生作了加工修改，但他们间没有口头或书面委托创作关系，也没有口头或书面的合作创作关系，考虑到余秋雨先生是"艺术顾问"，马科先生是"导演"，对该作品适当加工也是应尽之责，因而还是署"编剧陈西汀"较为恰当。当然，加工修改前与作者通气还是必要的。"编剧"与"艺术顾问"排名先后可以讨论，但无论"艺术顾问"排在先排在后，其含义却是不变的，只是突出"编剧"还是突出"艺术顾问"罢了。排在先后可尊重历史、可参考惯例，但衡量标准似乎还是当事人对该戏的"贡献大小"。

1993 年 06 月 26 日《盐阜大众报》

"梅花奖舞弊案"风波未息

1992年8月以来，全国近百家新闻单位对"梅花奖舞弊案"作了追踪报道，出现两种截然不同的声音，引起人们的普遍关注。到底谁是谁非呢？1994年12月14日，徐州市云龙区法院对这一风波作了"小结"，一审判决结果是，原告吴敢胜诉，但被告袁成兰不服，最后的结局尚难断定。

现在，为说清楚"梅花奖舞弊案"，先来回顾一下"九届评梅风波"的前前后后。

宋丹丹拒领"梅花奖"

1992年3月17日，第九届《中国戏剧》"梅花奖"的33名评委评议投票，经监票人当众打开票箱、唱票，评出了27名获奖者，3月19日，天津《今晚报》等陆续报道了这一消息。但3月31日的《人民日报》却刊登了31人获奖的新华社通稿，《中国戏剧》主办的第九届"梅花奖"新闻发布会上，公布的获奖名单也是31人，顿时舆论哗然。

4月14日，10名"梅花奖"评委联名致信"梅花奖"评委会办公室，指出本届"梅花奖"，听说后来以所谓流动选举方式增加了4名获奖者，这事既未向全体评委正式通报，又未经公推的监票人认可。5月8日，10名"梅花奖"评委又联合上书中宣部、中国文联党组和中央有关领导同志，反映"梅花奖"的权威性、公正性遭到严重的破坏。

原来，《中国戏剧》主编霍大寿等为让几位有艺术成就又在预选中名列前茅的落选演员补获"梅花奖"增设了"流动票箱"，让因病或有事未能参加17日评选的4名评委补选。这样，出现了一次评选两个结果。

与此同时，还有若干匿名指责中国剧协和《中国文化报》甘当徐州的"推磨鬼"，指责徐州市文化局局长吴敢"耗费巨资"为张虹做"戏外"文章。

消息传到第九届《中国戏剧》"梅花奖"得主之一的宋丹丹那里，引起她的义愤。8月12日，宋丹丹拒受奖新闻见诸报端，轰动海内外。

同一天，霍大寿因在第九届《中国戏剧》"梅花奖"评选程序操作上的失误，被免去《中国戏剧》主编职务。

1992年10月4日，经中央有关部门批准，第九届《中国戏剧》"梅花奖"颁奖大会在全国政协礼堂隆重举行，"九届评梅风波"也暂告平息，圈内圈外的人都松了一口气。

张虹状告《齐鲁晚报》

然而，事情远非这么简单。

早在第九届《中国戏剧》"梅花奖"颁奖大会前的 1992 年 9 月 13 日，《齐鲁晚报》刊出许志杰的《寒风袭春梅——第九届中国戏剧梅花奖风波写实》一文，文章引人注目的有两处：

"《中国戏剧》杂志社主编兼评委会主任亲自出马，捧着流动票箱，后面跟着徐州市文化局负责人和演员张某。进门先作捐拜师，接着呈上'不成敬意，诚请笑纳'的土特产，请投我一票。拿人手短的评委哆哆嗦嗦地投了票。

"一直为此呕心沥血的评委会主任，在晚上由徐州市文化局举办的庆贺宴会上，展开疲倦的笑容说，这个结果来之不易。徐州市文化局负责人回答：没有你就没有这个结果。"

1993 年 6 月，感到委屈的江苏省柳子剧团演员张虹一纸诉讼递到济南市历下区法院，诉《齐鲁晚报》和许志杰侵害了原告的名誉权。诉状称：《寒风袭春梅——第九届（中国戏剧）梅花奖风波写实》打着舆论监督的幌子，毫无根据地杜撰了原告贿买、游说《中国戏剧》"梅花奖"评委，通过作弊获得"梅花奖"的所谓新闻写实，被告对这样一篇显然会产生广泛影响的所谓写实文稿，发表前未作调查核实，严重侵害了原告的名誉权。

被告承认，文章的材料是徐州某人提供的。未作核实，愿与原告协商处理此事。

经法院调解，双方当事人于同年 7 月 15 日正式达成如下协议：

1. 被告《齐鲁晚报》公开声明向原告赔礼道歉；

2. 被告《齐鲁晚报》、许志杰赔偿原告经济损失 1000 元、200 元；

3. 被告《齐鲁晚报》、许志杰各承担诉讼费 60 元、20 元。

吴敢、袁成兰对簿公堂

就职于徐州市文化艺术研究所的女作家袁成兰，在此之前，也在 1993 年 3 月 1 日的《上海法制报》上以一篇《"梅花奖"舞弊案随想》揭露吴敢的行贿行为，从而引起了另一场"高规格"的法庭抗辩……

1994 年 1 月 22 日，吴敢具状徐州市云龙区法院，诉袁成兰化名"朱元石"，以极其尖刻，近乎谩骂的低劣手法，毫无根据地杜撰了所谓原告"用数十万巨款"极尽"欺上瞒下、见风使舵、弯腰打躬、阿谀奉承"之能事，终于为徐州"买来荣誉"的事实，严重侵害了原告的名誉权。要求判定被告在《上海法制报》上刊登启事或声明承认错误，向原告公开道歉并赔偿，并负责以其诽谤文章相当的篇幅撰写更正文章，在北京、天津、黑龙江、山东、河南、江苏、浙江、四川等地报刊上刊载，以消除侵权文章的恶劣影响……

这就是"吴敢诉袁成兰侵害名誉权案"的由来，也是"梅花奖舞弊案"发展过程中的又一个高潮。

2月4日，徐州市云龙区法院正式立案，同时确定8月30日审理此案，后又延期至11月19日正式开庭。

因成功代理刘嘉玲肖像权案、周璇遗产案而闻名遐迩的北京天达律师事务所李大进律师受原告吴敢委托南下徐州，而被告袁成兰则聘请了南京大学法学院教授、中山律师事务所主任周元伯、副主任张晓陵律师出庭抗辩。

上午开庭后，李大进律师向法院宣读了证人证词及有关证据材料，指证被告袁成兰系《随想》一文的作者，并且是《齐鲁晚报》发表的侵权文章"寒风袭春梅"的材料提供者。李大进同时出具了证人证词，否认了第九届《中国戏剧》"梅花奖"评选中有行贿、舞弊行为，声称仅仅是工作程序上的失误。

张晓陵律师则提供了7个方面的证据材料，证明"梅花奖舞弊案"铁证如山，有行贿、受贿和弄虚作假行为。

上午庭审临结束前约40分钟，法庭辩论开始，双方律师机智的辩词不时激起如潮的掌声。

李大进律师认为，被告在《随想》中指称原告以"数十万元巨款"行贿这一"事实"，是为了推翻"梅花奖"的公正性；被告在撰写此文时，用了大量近乎谩骂的词句，毫无根据地对原告人身进行攻击，而正当的批评文章并非低级趣味的谩骂；被告在《随想》中将所谓行贿舞弊肆意放大，指称原告"欺上瞒下、见风使舵、弯腰打躬、阿谀奉承"、"成为徐州市街谈巷议，妇孺皆知的新闻人物"，在这点上被告过于自信，缺乏基本的法律常识。

张晓陵律师认为，《随想》乃讨伐行贿舞弊的檄文，是当前反腐倡廉合唱中的一个高扬音符；《随想》嘲讽原告"因公行贿"和为徐州"买来荣誉"，言之有据；行贿数额的多少不影响行贿的本质；《随想》批评原告"欺上瞒下、见风使舵、弯腰打躬、阿谀奉承"也属于合理的艺术想象，正恰如其分地刻画了行贿者的普遍心态，显示了文章的力度，不构成对原告名誉权的侵害。

下午续庭后，原告吴敢首先发言，认为参加第九届《中国戏剧》"梅花奖"的评选完全是规范的官方举措；打官司的目的是为了给自己"辩诬正名"；所谓1000元购买《中国文化报》版面是晋京演出的广告费。

被告袁成兰也当庭宣读了题为《我的答辩》，认为"梅花奖舞弊案"事实存在，是推翻不了的；原告行贿也是抵赖不了的事实；她同时向法庭提出反诉。

经过7个小时的庭审，审判长宣布休庭。

12月14日，徐州市云龙区法院一审开庭宣判：被告袁成兰发表的《"梅花奖"舞弊案随想》一文所涉及原告吴敢的有关内容缺乏事实证据证明其真实性，并有侮辱原告吴敢的人格的内容；被告还向《齐鲁晚报》提供缺乏事实根据的素材，其行为侵犯了原告的名誉权，应承担相应的民事责任。被告袁成兰认为"此文是杂文，无可厚非"，缺少法律依据，提出反诉，无具体事实和理由，不能成立。原告吴敢要求"被告袁成兰停止侵害、恢复名誉、消除影响、赔礼道歉、赔偿损失"，应予支持，被告袁成兰应立即停止对原告吴敢名誉权的侵害，在本判决书生效之日起30日内，在《上海法制报》《齐鲁晚报》上公开为原告吴敢恢复名誉，消除影响，赔礼道歉，并赔偿原告吴敢财产损失费2000元、精神损失费1000元，在本判决书生效之日起10日内付清。诉讼费300元由被告袁成兰承担。

徐州市云龙区法院宣判后，周元伯、张晓陵两律师对其审判程序提出异议和抗议。

袁成兰表示败诉是意料之中的，现在积极准备材料向徐州市中级人民法院提出审诉。袁成兰还透露，她已得到了原告舞弊行为的新证据，对本案的最后胜利抱有充分的信心。

吴敢则坚信法律是公正的，无情的。他认为造成"梅花奖舞弊案"虚妄大循环的是由诬言、谤语、匿名信等构成的传闻，传闻而为"新闻"，那新闻便成了广泛传布的诬言、谤语、匿名信，这一普通民事诉讼案，还将使人对新闻与社会、新闻与法、法律与新闻规范有所深思……

看来，"梅花奖舞弊案"的是非曲直只有等待徐州市中级人民法院的最终审判了。

1995 年 03 月 10 日《文化报》

写 人 篇

绝艺长传德为先

——记著名京剧表演艺术家沈小梅

这是一位普通的共产党员，她的事迹，平凡而又不平凡，普通而又不普通。她就是海内外公认的著名京剧表演艺术家、梅派传人沈小梅。

沈小梅的家庭兼有中西文化背景。母亲是两度留学法国的经济学博士，父亲也受过良好的传统文化教育。在京剧风靡全国的年代，她父母也都酷爱京剧，是当年上海滩著名的票友。幼小的沈小梅自然受到非同寻常的熏陶。1953 年，也就是沈小梅 15 岁那年，在一次欢迎梅兰芳先生的戏剧界聚会上，经人撮合，沈小梅被梅兰芳收为最年轻的弟子。

幸运的沈小梅学艺心诚，在梅兰芳的亲自传授下，只用两个暑假便比较完整地学会了《贵妃醉酒》《宇宙锋》和《霸王别姬》。后来，梅兰芳推荐她到江苏省京剧院工作。经过生活和艺术两个方面的艰苦磨炼，沈小梅逐步成长为一名具有影响的京剧青衣演员。1957 年，沈小梅主演《倩女离魂》参加全省会演，一举夺得表演奖。周恩来总理在北京观看演出时，亲切接见了沈小梅。1959 年，沈小梅随中国青年代表团赴奥地利维也纳参加世界青年联欢会，一出《游园惊梦》，被誉为"满台是景，满台是画"。沈小梅因此获得金质奖。

"文革"期间，京剧艺术之花受到人为的摧残，沈小梅也在劫难逃。她演过样板戏，进过牛棚，后来又到戏校当老师。直到拨乱反正、改革开放的80年代，沈小梅才重返舞台，迎来了她艺术生命的第二个春天。1983年，沈小梅主演了新编历史剧《宝烛记》。1986年，她又主演了新编古装戏《荣辱鉴》。这两台戏她都获得省优秀表演奖。《宝烛记》后来又让沈小梅捧回文化部首届文华奖表演奖。

沈小梅热爱京剧表演艺术，在师承的基础上又有所创新，精心塑造了众多的优美的妇女形象。从1981年到今天，每逢大型梅派艺术纪念演出，都少不了沈小梅。热情的观众无不为她那深沉含蓄、质朴典雅的艺术魅力而倾倒。

京剧作为具有鲜明民族特色和高度美学成就的戏剧文化，堪称举世无双。它是国之瑰宝，是中国自立于世界民族艺术之林的标志之一。为了让世界人民了解我国民族艺术，扩大京剧在海外的影响，为了培养青年人对京剧的兴趣、对民族文化的深厚感情，这几年来，沈小梅又把主要精力转向了国外和社会。

人们不会忘记沈小梅在美国给"洋学生"教授京剧《玉堂春》的动人一幕。那是一次艰巨而又复杂的教学任务。沈小梅要和她的两位同事在短期内使夏威夷大学的几十名"洋学生"掌握京剧的基本功，用英语唱出京剧的味儿来，并能成功地进行演出。由于语言不通，沈小梅在教课时很费劲，光是翻译就花去了很多时间。繁重的教学任务，使沈小梅两次病倒，但她仍坚持工作。随着一板一眼的教授，一招一式的领会，半年过去了，那些从未见过中国京剧的外国青年身上出现了魔幻般的变化。1990年2月9日，英语京剧《玉堂春》终于与夏威夷各界观众见面了。演出在高档的肯尼迪剧院进行。一个古老而又纯朴的爱情故事、一台古色古香的布景、一首首清脆优美的乐曲、一件件色彩斑斓的戏装，把不同肤色、不同语言的观众带到了奇妙的艺术世界。当剧终的大幕徐徐拉上时，台下观众已是欢声雷动，掌声如潮。60多名演职员在台上列队，一次又一次谢幕。原定公演七场，可还是不能满足人们的需求，又加演了四场。在夏威夷演出中国京剧，能有这样的轰动是空前的。美国一些报刊争相报道。夏威夷州众议院还为此举行全体会议，通过立法程序，颁给沈小梅等嘉奖书。嘉奖书还充分肯定了沈小梅在此之前为指导"夏大"学生魏莉莎在中国进修京剧艺术所做的一切。众议院议长给沈小梅戴上了花环。

沈小梅把祖国优秀文化的种子播撒到了异国他乡，但她没有忘记京剧的根在中国。1994年，在文化部纪念梅兰芳、周信芳先生诞辰100周年活动中，沈小梅参加了在中南海召开的座谈会，聆听了江泽民同志关于"振兴民族艺术，振奋民族精神"的讲话。回到南京后，她就着手实施"培养跨世纪京剧观众接班人工程"的构想，并向江苏省委、省政府打了报告。她在给省委书记陈焕友的信中说："我是一名普通的京剧演员，已近 60 岁了。作为一名演员，她的舞台生命是有限的，但艺术生命是无限的。为了我毕生钟爱的京剧艺术，我决定从舞台上退下来，走进大中小学，向广大学生普及京剧知识和京剧艺术。振兴京剧不仅要培养演员接班人，也要培养跨世纪的观众接班人。京剧不能得到青年的喜爱，就会慢慢失去观众，变成博物馆的艺术。这项工作虽然非常艰难，但我想，从我这代人开始做起，一代一代接下去，一定会成功的！"陈焕友书记非常重视这封信，很快作了批示，赞同她的想法。

刚开始，许多学校的领导对这一工作的重要性并不理解，往往以学生课业太重为由推辞，沈小梅总是反复耐心地向他们解释。当时正是 1995 年夏天，沈小梅骑着自行车，一趟又一趟跑，有时正好碰到校长不在，还要等上几个小时，学校领导们过意不去了，终于相继开了"绿灯"。

沈小梅为学生们安排了三种不同类型的课：一类是配合课文，如《打渔杀家》《窦娥冤》等，进行示范讲解；一类是理性认识和感性认识相结合，一边讲解基本知识和程式动作，一边看表演；第三类则是为一些京剧爱好者开的课，除讲解外，还教唱腔和表演。现在，培养京剧观众接班人工程已进入一个良性循环的阶段。一年半来，他们已在 18 所学校开了 1400 节课，学生累计已达 16000 人次，其中定点学校 10 所，参加人数超过

2400 人。

　　沈小梅曾当选为全国劳动模范、党的十四大代表、全国文化系统先进工作者。但是，沈小梅还是沈小梅。没有一点"大明星"或"艺术家"的架子。她说："我觉得自己只是一个普通的人，一个文艺工作者。取得一点成就，不该忘记党的培养、同仁的支持、观众的鼓励，摆谱端架子有什么意思呢？"

　　自参加工作以来，沈小梅心中想的是多为基层群众演出。她曾多次深入到连队、工矿、乡村。无论是在中南海为中央首长演出，还是在农村的庙会、广场为农民演出，她都一样保持严谨的作风。随剧团外出演出，她和大家一块住后台，不讲任何条件。她视观众为朋友，每当演出结束，有观众到后台祝贺，她总是热情接待。她对求教者从无门户之见，热情培养年轻一代，精心传授技艺。现在，她的学生很多，江苏有周丽霞、李正华，上海有史敏、郭睿玥，台湾有郭敏芬、林凤凰等。1991 年，江苏等地连降暴雨，沈小梅家是省京剧院唯一遭水淹的一户，大水一直淹到厨房。她没有惊动组织，而是自己用沙袋堵水，用铺板搭桥，照样接待来求教的学生。为了振兴京剧，沈小梅到一所所学校去做普及宣传工作，当校领导得知她和她的同事完全是义务教学时，被深深感动了。一位小学校长说："您不仅仅是在教学生京剧，也在教我们育人，您自己就是最好的榜样！"

　　1989 年，沈小梅在美国讲学，正是中美关系比较紧张的时候，不时有人制造一些麻烦。对此，沈小梅始终保持清醒的头脑，自觉保护国家的尊严。到了后期，华盛顿、纽约、旧金山、洛杉矶和夏威夷本地不少人邀请她留下来定居，许诺给她丰厚的待遇。但沈小梅说："我是中国人，是搞京剧艺术的，京剧艺术离不开祖国。我自己还是一名共产党员，应该自觉维护党的利益，绝不做有损于祖国和人民利益的事。"她婉言谢绝了所有的邀请，终于回到了祖国的怀抱。

　　沈小梅所做的一切，可以用九个字来概括，这就是：爱祖国、爱人民、爱艺术！她对艺术精益求精，以不断创新的精神，勇于献身的精神赢得了观众。她的心中有观众，观众的心中自然也有她。她的艺术生命长青。

1997 年第 07 期《世纪风采》

戴耀明：一路搏击

众多媒体介绍了江苏省扬中县新坝影剧院经理戴耀明的事迹，有人惊叹戴耀明的拼搏和业绩，有人为戴耀明说累呼忧。惊讶之余，我跑到了新坝。现在我终于弄明白，什么是戴耀明的喜，什么是戴耀明的累和忧。

捅了马蜂窝

19年前，戴耀明刚从部队退伍回乡，公社领导朝他肩上轻轻一拍，就把一座大会堂的管理任务交给了他。

大会堂是50年代盖的，破破烂烂。有时演戏放电影，观众乱哄哄的，打架斗殴也时有发生。前几任经理都带着伤和怨离去。

摆在面前的，就这么个千孔百疮的烂摊子。

他深知公社领导那轻轻一拍的份量，二话没说，背上了这个沉重的包袱。

亲友们都替他捏着把汗。那年他才23岁，肩膀确实嫩了点。

果然，他捅了马蜂窝。

大会堂门口，戴耀明笑笑，伸出手来："请把票拿出来。"

一个青年递支香烟，另一个青年说："噢，戴经理不抽烟，来吃瓜子。"

"不行，我们刚订了制度。"

"算了吧，一个村的，顶什么真，明天补。"

"没票不能进去！"

"唷！……"那几个青年脸色不好看了，话也渐渐狠了："不给你小子一点颜色看看，不晓得爷们厉害！"话还没有说完，一拳已打来……

这时，好心的职工把他悄悄拉到一旁："小戴，算了，抬头不见低头见，睁只眼闭只眼。"

"这眼不能闭。哪个越不买票，我越盯住哪个！"

"耀明，伤着哪里没有？"

他咧嘴一笑，两肩一耸："谁敢碰我？！"不过，一下班，他便急忙躲着妻子，用烧酒在身上偷偷擦个不停，有时实在忍无可忍，他也毫不客气，来个"正当防卫"。凭着四年军营操练的一身基本功，他足以对付好几个"混子"。

"兔子急了还咬人，何况我戴耀明！来，哪个有种的再来？"

"爷们"尝到了他的厉害，自此再也不敢无票闯场，寻衅滋事了。但不便明里报复，暗里做些手脚还是有的。

一天夜里，随着玻璃窗的碎裂声，几块砖头飞进戴家。

"什么人？"戴耀明吼了一声。

一阵脚步声远去，开门只见茫茫夜色。

第二天清晨，一声怪叫又将戴耀明惊醒。起身一看，屋顶的烟囱塌下来了，屋周围50多棵小水杉被拦腰砍断……

"你别干了，你这是要送我们全家的命呀！"他母亲哭叫着。

"……算了，耀明……我怕，我怕……"他妻子流泪恳求。

这些情况，戴耀明没说，是我在新坝影剧院招待所听职工们侃的。

往"火坑"里跳

在新坝的第二天，我采访了镇领导。

党委副书记何继红、副镇长杨怀全看上去都是中年人，比较健谈。随着杨怀全的记忆，我们一同走向新坝影剧院的昨天……

破旧的大会堂已经越来越满足不了广大观众的需要，戴耀明将翻建影剧院的请示报告送上去了好久，但镇领导迟迟下不了决心。

一天，戴耀明接到通知，说是第二天镇里要在大会堂召开三干会，要他们提前准备，尤其要把主席台上漏雨的地方盖好。还说天气预报明天有雨。当晚，戴耀明翻来覆去睡不好，到了半夜，突然一骨碌翻身下床，悄悄来到大会堂，找根竹竿，索性噼呖扑噜地把"漏子"捅大了。

雨比预料中的要下得大，似天河破裂。主席台上的人把椅子移来挪去。台下嗡嗡声盖过雨声，都说这场子不修不行了。很快，戴耀明便被镇里叫了去。

"小戴，这大会堂是得翻建。"

"决定了？"

"不过，我把话说在头里，镇里只管批报告，这经费嘛，还得你自己想办法……"

"可以。"

"恐怕要 20 万……"

"不怕！"

靠一个破会堂的自身积累，一下子翻建一座像样的影剧院，谈何容易。戴耀明当时心里也没多大的底，只管先把"牛皮"吹出去，再逼着自己一步一步往"火坑"里跳。

是的，他敢捅破一个旧会堂，就敢翻建一座新剧场。只要是自己认定了的，他没有什么不敢的。

工地上像大蒸笼，热风一吹，灰沙迷眼，个个都变成泥人。翻建影剧院以来，人人晒脱了一层皮，掉了几斤肉。为了省钱，影剧院职工全部上工地做小工，搬砖卸沙样样干，现在又要清理旧砖。那拆下的旧青砖的确结实，可连那砖上的陈灰也坚硬如石，要重新使用这些旧砖就必须铲除陈灰。几天下来，人人手起血泡，终于有人嚷开了。

戴耀明没发火，他摊开双手，十指早已磨破，掌心片片血红，职工们不言语了。

干这活也像战场上冲锋，领导走在前面喊一声"跟我上"，比谈什么都管用。

又一次"翻建"

戴耀明终于有空坐下来和我一谈。不过这是中午，刚吃了饭，谁也不想休息。

当新坝影剧院连同它的附属设施一起以自己崭新的面貌，独有的风姿矗立在原大会堂旧址时，人们无不交口称赞：20多万元的一座影剧院，没拿镇里一分钱，戴耀明真有气魄。

奋战了100多个日日夜夜，已经心身交瘁的戴耀明，这时完全应该，也有条件停下来喘息一下了。可他不，他知道，建筑、设施的更新，这只是一种外在的、物质的变化，要使事业永葆青春，势必增强内部机制的"造血"功能，不断为企业注入新的活力。

于是，戴耀明又以更大的热情，投入了一场比翻建影剧院更为艰难、更为广泛、更为深入、更为彻底的"翻建"之中。

这是一次体制的翻建，是一次观念的重修。

改固定工为合同工，改组票无偿服务为有偿服务，改等客上门为送票下乡、请客上门，改奖金平均分配为百分考核分配……新坝影剧院经过一番刻骨铭心的悸动，一个个新的举措相继问世。

我最感兴趣的是新坝影剧院职工送票的"责"和"利"的有机结合。他们规定，影剧院职工每人每月基本送票任务为 2000元，非完成不可。送票越多，职工获利越大，影剧院效益也就越高。去年他们又增设了重奖。今年进一步放大了劳务费的比例，充分发挥其奖励功能。

机制激发人们的干劲，任何困苦就不在话下。至于个别无能无才、又不肯吃苦的人，那只好"望利兴叹"自我淘汰了。

下蛋再孵鸡

戴耀明知道，即使影剧院演映场次再多，形成的利润也毕竟有限，要想办大事业、求大发展，还必须走以副促文、多业助文的道路，尤其是在影剧行业受到各种新兴娱乐活动冲击而日益滑坡的情况下，更是如此。

于是，征地、筹资、承包……一项接一项。1984 年，戴耀明在全县率先办起了服装、电器两个厂。1989 年又聘请社会能人，办起一个动力程控厂。初办时没有厂房，为了使其快速上马，就在影剧院内搭临时厂棚，让出两间办公用房给厂里。为了跑征地、免税，戴耀明往返县城不下数十次。当年该厂产值就达 250万元，现已超过 400 万元。

许多办厂能人见新坝影剧院投资环境好，纷纷带资金、带项目、带设备上门联系办厂。于是，文化印刷厂、华通电控设备厂又相继问世。还冒出了一个招待所，一个饭店。

眼看文化企业日益富足，个别人便想搞"演变"，把工厂从影剧院的管辖之下分离出去。

一向慷慨大度的戴耀明，这回破例吝啬了："工厂是新坝影剧院的，只要我戴耀明在这里一天，谁也别想动它一指头！"以副促文、多业助文，目的就是千方百计繁荣社会主义文化事业，文化企业只能姓"文"。

社会发展到今天，文化不得不依赖于钱。正因为如此，戴耀明在这方面也就特别舍得花钱。更新设备，装修剧场，美化环境，一掷就是几十万。

养鸡为下蛋，下蛋再孵鸡，孵鸡再下蛋，从而形成一种"投入—发展—再投入—再发展"的良性循环。仅 1993 年演出、放映的票房收入就达 72 万元，这个数字相当于全县其他 10 多个乡镇影剧院所有收入的总和，而这经济效益的背后所产生的社会效益，又岂是这 72 万元所能计算得了的？

就在我与戴耀明交谈的时候，一个安徽小老板推门进来，说要联合办厂。戴耀明和他出去谈了半个小时，回来说妥了，一年又要增加几万元的管理费。

戏老板

这次采访，我有机会见到扬中县副县长王梅芳。

她分管文化，就在前几天，她还拉着戴耀明和县委书记张学东等几人一同去北京请名演员呢。今年 10 月 6 日是扬中撤县建市、扬中长江大桥建成通车和全国小康县、生态县命名喜庆的日子。

说起这次北京之行，王梅芳感慨万千：过去我们上北京，从不说自己是扬中人，也很少说是镇江人，一般都说是南京人。现在不同了，人家都知道江苏有个扬中，扬中有个新坝，新坝有个戴耀明，百多号明星在那里演出过，这就是名人效应。

确实，小小的新坝影剧院，短短几年已经来过众多明星，刘晓庆、王馥荔、倪萍、刘璐、马季、冯巩、牛群、赵本山、殷秀梅、马兰、茅善玉等可不都是好请的。但戴耀明不仅将他们请来，还交了朋友。

那年马季到新坝演出，正碰上刮台风。当小车开到扬中渡口时，渡船已封。此时已是下午 5 点，晚上的票全部卖出，这可把戴耀明急坏了。怎么办？他拼命拨电话，一个拨到陆军船艇学校，一个拨到县公安局水上派出所，一个拨到县水文监测站……当马季等一行人出现在新坝影剧院门口时，离登台时间仅几分钟。马季深为感动，特地挥毫写下了"新坝影剧院，全国少有，好哉妙哉"的墨迹。他对同来的人说，跟戴耀明这样的人打交道放心。

在情感的世界里

陶纪珍是戴耀明的妻子，挺能干，招待所职工一致推选她当负责人，戴耀明总是不同意。别人看不过去，就对戴耀明说古人还有荐贤不避亲的胸怀呢。然而，陶纪珍却说现在这样蛮好。

不过，她也有抱怨的，她抱怨戴耀明不顾家。但是，很奇怪说这话时，她的神情又是自豪的。

戴耀明夜以继日、不知疲倦地处理着头绪纷繁的事务，从没在家呆过一个整天。就连逢年过节，女儿放假从外地回来，一家人都难得在一起吃顿团圆饭。母亲卧病在床，他也无暇照看。妻子长期患有风湿性关节炎，10 个指甲全部脱光，有时发作起来手脚麻木、行动困难，尽管多次许愿陪她到大城市就医，可始终不得空闲，至今未能如愿。每晚散场回家，大多半夜，别人常戏称他们是"半夜夫妻"。

这几年村里变化太大了，全村都盖了小洋楼。服从拆迁，戴耀明一家也搬进了小区，那是以负债十几万元的代价换来的。可妻子清清楚楚，这些年来，丈夫出色地完成了镇里定下的各项责任目标，应得的奖金起码五六十万元，他没有拿；职工薛光华家境贫寒，住房破漏，他解囊资助 3400 元；从北京获奖归来，他带给全体职工每人一只石英钟、一只领带夹，这些是用他的500元奖金又贴了2000元的私款买的。还有这些年他的差旅费全在家里报销。凭他那份能耐，要下海赚钱，一年弄它一二十万不费事……

面对妻子的泪眼，谁又能知道他心中的那份苦涩呢？作为丈夫，他对不起妻子；作为儿子，他对不起母亲；作为父亲，他对不起女儿。他总感到欠下她们很多、很多，那是一笔无法偿还的感情债。好在亲人们抱怨过后，又都能理解。而越是这样，他越是不安。不过，他别无选择，只能以更为出色的工作、更加辉煌的业绩来抚慰亲人。

一条崎岖的路

这几年，戴耀明没有被商品大潮冲垮，没有被金钱诱惑而改行，始终坚持在新坝影剧院经理这个岗位上，把一个全部资产不足10万元、年营业额200元的大会堂，发展到如今有200万元固定资产，以影剧院为主、文化工厂为辅的年营业额72万元、年工业产值800万元、年管理费收入25万元的经济联合实体。新坝影剧院于1989年起连年被省文化厅评为"明星剧场"，戴耀明个人多次被评为省"明星经理"、市县"优秀共产党员"。1990年被提名为"全国农村十佳影剧院经理"，授予"金翼"奖；

1991 年被国家文化部、人事部评为"全国文化系统先进工作者"，受到江泽民总书记等党和国家领导人的亲切接见。每年来自省内外访问、取经的文化团体不下一二十个。中央新闻电影制片厂、中央电视台、江苏、上海有关报刊数十次报道过他的事迹。

"我是一个共产党员，应该以党的事业为重。党给我的荣誉够多的了。我要永远在这个平凡的岗位上作出贡献。"戴耀明常在心里告诫自己。

戴耀明正在努力建造一个多功能的影剧院。1987 年翻建的那个影剧院已经过时了，在全省也只处于三流水准，这与有"镇江第一镇"美称、今年工农业总产值过 16 个亿的新坝是多么不相称。凡来演出、参观的人都感到吃惊。省里也明确表态，新坝影剧院的"硬件"达不到"明星剧场"的标准。

戴耀明不愿落伍。最近，中国市政工程西北设计院为他设计了新的影剧院蓝图。预计总投资 2000 万元，可分三期实施。

可这笔资金从哪里来呢？据说镇里要办的事很多，近两三年内还考虑不到影剧院的问题。

扬中县文化局对此也爱莫能助，尽管找了几次镇里，可毫无结果。局长王兵说，看来我们保不了新坝"明星剧院"，只有保"名人"戴耀明，保他的"明星精神"了。

戴耀明说，他干文化工作，追求的不是金钱而是精神。文化不是可有可无的事，全社会都要理解和支持。如果镇里能给我政策、给我环境，譬如说我们几个工厂的税利部分能集中使用，文化工厂也不再要收上去，这个影剧院还是我们自己来建！

编后　新中国成立 45 年来，特别是党的十一届三中全会以来，社会主义文化艺术事业取得了令世人瞩目的成就，并不断走向更大的繁荣。这离不开党和国家正确的文艺方针、政策的指导，也离不开奋斗在文化艺术战线的广大文艺工作者的辛勤努力，他们深入生活，努力创作，坚持深入基层演出，为人民群众奉献最优秀的精神食粮；他们在平凡的岗位上，为丰富人民群众的文化生活，为繁荣祖国的文艺事业顽强拼搏，埋头苦干。他们中的先进典型，事迹可歌可泣，精神感人至深。本报特辟"文化战线英模"栏目，报道全国优秀文化工作者和模范文化单位在改革开放新时期的文化建设中拼搏开拓的先进事迹，宣传他们无私奉献的崇高精神，以激励广大文艺工作者努力进取，为繁荣文化事业作出新的贡献。

希望广大读者踊跃来稿或提供有关线索，协助我们把本拦目办好。来稿请注明"文化战线英模"栏目。

1994 年 09 月 17 日《新华日报》、10 月 07 日《中国文化报·文化周末》一版头条

"兆丰文化"之路

——记张家港市文化局局长金少章

长江东南岸的美丽城市张家港，在省文化厅、市政府的组织领导下，举行了兆丰"创收补文"20 年座谈会。这个"创收补文"的带头人，便是当年的兆丰镇文化站站长、如今的张家港市文化局局长金少章。

20 年前的这个时候，一个手工作坊式的"钢丝锯厂"在兆丰诞生，文化事业在贫穷与落后的环境中终于迈开了艰难探索、勇于创业的第一步

位于张家港市东北部的兆丰，紧靠长江，是一块冲积平原，至今才有 50 多年的历史。全镇群众来自五湖四海，比较杂和穷。在 70 年代初相当长的一段时间里，兆丰并没有像样的文化设施和阵地，群众的文化娱乐生活十分贫乏。尤其让金少章震动的，是那次无锡县锡剧团在邻乡乐余演出，尽管是农忙季节，路也很远，但本镇群众还是成群结队地赶去……

群众对文化娱乐的饥渴，使金少章萌生了创办一支业余文艺宣传队的念头。很快，这一想法得到镇党委书记王允高的支持。不久，一支由回乡知识青年组成的业余文艺宣传队宣告成立。这支业余文艺宣传队配合党和政府的工作中心，编演了许多群众喜闻乐见的节目。

然而，初建的这支业余文艺宣传队，名为业余，实为脱产，无形中增加了集体和群众的负担，免不了有些怨言。而另一方面，宣传队员也因为报酬难落实而不够稳定，宣传队的创作、演出水平得不到提高，于是，出现了"冬天办，春天散，过了秋后再重办"的现象。

群众说："不办宣传队没戏看，办了宣传队养不起。"怎么办呢？金少章思来想去，终于从发展的乡镇企业中受到启示：组织一批有一定文艺才能的青年办厂，既演戏又做工，实行劳动自给。

这一想法在1974年的这个时候变成了现实，一个手工作坊式的"钢丝锯厂"诞生了。

在没有一分钱投入的情况下，他们借了一台机器和一些工具，从工厂垃圾堆里捡来废钢丝和砂皮纸，从广播放大站要来废油……而文化站的一间办公室，同时又是宿舍和厂房，办起了手工作坊式的"钢丝锯厂"。

创业是艰辛的，而收获是甜蜜的。一年下来，"钢丝锯厂"完成产值2.6万元，利润6000元。除去宣传队员的劳动报酬、购买生产设备和文化用品外，还有1000元的盈余，演出场次也在100场以上。

当然，这时的兆丰，文化阵地还没有得到扩展，宣传队员的主要舞台还只是在村边田头，群众所能享受的还只是听听歌、看看戏，而且次数也不多，根本谈不上品味与参与，谈不上娱乐的多功能、多层次。但是金少章毕竟迈出了艰难也是勇敢的一步，这就是"以队办厂，以厂养队（文艺演出队）"的办法，发展农村文化。

1979年，文化部副部长周巍峙视察兆丰镇文化站，肯定"以工养文"是群众文化的一大创举，种种疑虑和责难才慢慢平息

1978年底，兆丰的"文化经济"进入新的阶段，即由"以队办厂，以厂养队"发展为"以工养文"了。这时，钢丝锯厂发展成汽车附件厂，生产的汽车软垫供不应求，利润可达20万元。由于这个厂赚的钱都用在了文化上，就得了个"文艺工厂"的雅号，也招来了"不务正业"的疑虑和责难。金少章只有四处解释，甚至跑到省里去辩论。

1979年初，党的十一届三中全会召开不久，文化部副部长周巍峙视察兆丰镇文化站。他听了介绍，看了现场，很激动，认为兆丰"以工养文"是群众文化的一大创举。金少章抓"文化经济"的心踏实了，文化事业的发展也进入一个新的时期。短短的

几年时间内，900多平方米的文化大楼，可容纳1200名观众的软座影剧院，一个较大规模的图书馆和小剧场、灯光球场相继问世。兆丰的文化活动内容，不再是听唱几首歌曲，观看几个自编自演的小戏，而是建设起文化阵地，发展成为融文化娱乐、业余教育、科技普及、农民体育和时政宣传"五位一体"的大文化中心。与阵地建设的同时，金少章还抓紧建设文艺队伍，培养了演员，培养了编导，一批自编自演、质量较高的节目，在各类活动中演出，受到了众多观众的称赞。

1984年4月24日，土生土长的兆丰人在中南海怀仁堂向中央领导作了汇报演出，访京回来后，游联群以农民艺术家的身份参加了苏州市政府访日代表团，把家乡甜美的歌舞带到了日本。1984年中央电视台国庆晚会上，游联群一段说唱《一加二等于几》和小歌舞《卖鸡蛋的小女孩》把兆丰文化第一次带给了全国电视观众。1985年，小品《财发小传》参加全国农村小戏会演荣获三等奖，第一次圆了兆丰文化人作品在全国得奖的梦。江苏电视台于同年以《三个农民艺术家》为题，拍摄了郭宗泰、姜理新、游联群的艺术生活，并在中央电视台播放。一时间，各地参观团纷至沓来。1984年，兆丰还接待了来自世界各地的外国朋友和130多个国家的驻华大使和夫人。

对此，金少章十分感慨。他说，党的十一届三中全会全面解放了人的思想，对兆丰坚定不移地走"以工养文"的道路具有举足轻重的影响。

兆丰人的成功探索说明：经济繁荣为文化繁荣添翼

　　金少章认为兆丰"文化经济"发展的第三个阶段，主要是从1986年到现在的"创收补文"。这期间，他从担任镇文化站长到担任张家港市文化局局长。可以说，兆丰镇文化事业每向前迈进一步，都有他的一份耕耘。

　　——经济实力大为增强。汽车附件厂通过提高产品质量，拓宽销售渠道，提高了经济效益。1993年，该厂达到"产值过千万、利润超百万"的历史最好水平。还先后开发电子琴、长毛绒玩具等新产品。

　　——阵地设施调整提高。建了新文化大楼，兴办了卡拉OK歌舞厅、录像中转站，增设了电子游戏室、电视录像室、有声读物室、练功房和健身房，还盖了生产楼、生活楼。图书馆藏书2.4万册，报刊109种。

　　——文艺队伍巩固壮大。1989年底，他们在文艺宣传队的基础上成立了农民艺术团。此外，音乐舞蹈、文学创作、集邮等协会、业余合唱队、龙灯队、健美体操队等也相继诞生。

　　——文化事业硕果累累。1986年，民间舞蹈《驱鬼》在全国首届民间舞蹈比赛中获得"丰收奖"；农民歌手丁继琴在江苏省《田野之声》民歌比赛中获得一等奖；1987年、1992年又两次获得全国农村歌手大奖赛三等奖；1989年省"十佳优秀运动员"评奖文艺晚会和江苏省电视台《坦途千里》文艺晚会，两次特邀兆丰农民艺术团演出节目；舞蹈《女儿红》参加1992年华东地区舞蹈调演获得优秀奖；小品《夜归》、舞蹈《忆江南》先后在江苏省、苏州市各类比赛中获奖；一批年轻的艺术团成员徐文龙、朱英、管永芬等也脱颖而出，获得全国、江苏省和苏州市等大奖。1988年，兆丰镇文化站被评为"江苏省群众文化先进集体"，1993年被定为"江苏省特级文化站"，1989年获文化部、财政部"全国以文补文先进单位"称号，1990年被评为"全国先进文化站""全国农村文化先进集体"，1991年被文化部、人事部评为"全国文化工作先进集体"。1994年5月8日，全国先进县市文化工作现场会到兆丰参观，文化部常务副部长高占祥即席吟诗称赞："兆丰迎瑞雪，江南报春花。文经结合路，华夏第一家。"

20年来，兆丰"文艺工厂"完成产值4418.16万元，利润413.3万元，其中用于发展文化事业经费231.6万元，当人们如数家珍，谈起兆丰文化事业的成就时，都由衷地称赞金少章同志。可他自己却说：我没有做太多的工作，只是认识到文化自救的唯一办法是发展文化经济，没有经济繁荣就没有文化的繁荣。我是这样认识的，也是这样行动的。

最近，文化部命名张家港市文化局为"全国农村文化改革实验区"，当年的兆丰镇文化站长能否再造一个辉煌

金少章担任张家港市文化局局长后，即提出"跳出文化办实业，办好实业促文化"的指导思想，坚定地沿着"兆丰文化"之路走了过来。

两年来，张家港市被授予"江苏省群众文化先进市""全国文化先进市"称号；市文化局被评为"全国以文补文先进集体"；21个乡镇被评为"江苏省群众文化先进乡镇"，占全市乡镇总数的80％以上；市文化馆被文化部评为"标准馆"，被江苏省文化厅评为"一级馆"；市图书馆被命名为"江苏省文明图书馆"；市锡剧团创作、演出的锡剧《巧云》，获得20个奖项。同时，"文化经济"在总量、速度、效益等方面也呈现出高速、高效发展的态势。1993年，全市文化产业总产值达3.06亿元，外贸出口供货额1.028亿元。

1994年10月，文化部命名张家港市为"全国农村文化改革实验区"。这既是对张家港市以往文化工作的充分肯定，也意味着对该市今后文化工作寄予了厚望。曾创造"兆丰文化"模式的金少章还能不能在参与塑造整个中国未来的文化全貌的过程中，再写上辉煌的一笔呢？

金少章说："创收补文"的落脚点在于繁荣文化，今后，我们将一手抓文化产业，一手抓文化事业，在建立、完善社会主义市场经济制和国门大开、中外文化市场接轨兼容的新形势下，把握好方向，继续探索下去！

1994 年 12 月 16 日《中国文化报·文化周末》一版头条、1994 年第 12 期《剧影月报》

无悔的创业者
——记江苏省江都市文化局局长韩顺池

全国文化系统先进工作者韩顺池，是江苏省江都市文化局局长。他以满腔热忱和辛勤工作，使江都市的文化建设呈现出蓬勃发展的新局面。我两次去江都采访，追寻韩顺池走过的路，深受感动。

（一）

江都的文化人说到韩顺池，都会提到他以崇高的责任感和求实的工作作风，"救活"一个剧团的事。

1992 年 10 月 5 日，《江都简报》以《"香火"还能燃多久》为题，介绍了市扬剧团很少演出，没有观众，"入不敷出，停演断炊"的困境。市政府常务会议在提出"适当增加财政拨款、企业提供赞助"的同时，作出"今后剧团原则上不再招收新的演员"的决定。这意味着扬剧团只能维持生存而难以发展……

韩顺池再也坐不住了。他想，难道扬剧真的没有观众了吗？不是。农村文化生活贫乏，农民盼望有戏看；江都是扬剧的发源地，扬剧团又有一批艺术骨干。韩顺池说，让扬剧团红火起来，是文化工作者的责任。他找到市领导，表示扬剧团还是要办下去，否则就对不起江都人民。扬剧不是没有演出市场，扬剧团的危机要转变，关键靠扶植和深化改革。

在扬剧团最困难的时候，韩顺池首先带领市直文化单位负责人前去慰问，送去"解困金"2万元。他从解决班子思想问题入手，一连七天蹲在扬剧团分析情况，研究"突围"的措施。经费短缺是每个剧团都头疼的事。1992年，扬剧团财政拨款只有3.3万元。韩顺池据理力争，使扬剧团经费逐年增加，1995年达到18万元，这还不包括临时性专项拨款。同时，经他多方奔走，得到市委、市政府的支持和批准，扬剧团今年一次就招收了23名学员进扬州戏校代培，解决了后继无人的问题。剧团还有一件喜事：演员公寓投资近100万元，即将破土动工。扬剧团的人都说，是市委、市政府和文化局办实事，才救活了一个团。

如今的扬剧团在江都人心中已有了全新的形象。他们先后排演了《金牛湾》《传孙楼》《赌妻》《祸根》等优秀剧目，深受农民喜爱。今年6月，扬剧团还应邀在上海大戏院连续演出八天，四台大戏，场场爆满。首场演出几乎是台上演员唱一句，台下掌声响一阵，观众鼓掌竟达 87 次。当时沪上众多新闻媒体惊叹"一股扬剧热在上海涌动"。

（二）

韩顺池是 1987 年 3 月由部队转业到江都的。当时江都市 40 个文化站，有 15 家没有站址。市区文化设施同样简陋，流行的一种说法是："影剧院没有头（没有舞台），大会堂没有尾（门厅残缺），电影院没有身（观众厅设施破旧，难以正常放映）。"面对这一切，遇事敢闯敢拼的韩顺池没有畏缩不前，他走遍了全市所有乡镇和文化单位，进行深入的调查研究。他看到，江都是全国经济百强县，又是苏北文化重镇，但文化发展却落后了，他深感有责任为改变这种状况尽自己最大的努力。

谁也不知道韩顺池找过多少次市领导，反正分管文化工作的市委常委、宣传部部长薛烽和副市长蔡毛英经常被他"请"去视察，财政局、税务局也有他经常进出的身影。他刚到江都的时候，全市所有乡镇只有几幢简易文化楼，而现在像模像样的文化楼已有 20 多幢了，文化站面积也由 2400 平方米增加到 16000 平方米。市区的影剧院、大会堂、文物楼、"娱乐大世界"等改建、兴建工程早已完成。

今年，江都影剧总公司又投资 1200 多万元着手兴建面积

5500平方米的"太阳城影视娱乐中心"。当初，影剧总公司并没有实力和勇气搞这样一个文化"标志性工程"，是韩顺池给他们撑了腰。他向市政府要了地皮和75万元拨款，并从局机关挤出10万元支持影剧总公司。"太阳城"经费最紧张的时候，他又在全系统集资66万元送去。在他的直接关注下，"太阳城"基建工程正顺利进行。

（三）

韩顺池的目标，就是争创一流。"要干一番事业，就要敢于自我加压，敢于冒一点风险。"韩顺池是这样想的，也是这样做的。

为了治文化工作的"穷"，韩顺池在主持文化局工作的第一次全系统动员大会上，就响亮地提出了"一业为主，主实并重，兴产业，促事业"的发展思路。他说，没有票子建设难，没有设施活动难。只有解放思想，转变观念，大胆开辟经营渠道，才能为文化事业的发展积累资金，使之充满后劲和活力。

韩顺池与文化局的同志们一道，抛弃"等靠要"观念，抓住机遇，大胆而又审慎地负债发展局办企业。1988年，文化局集资50万元，建厂房1700平方米，兴办了电镀设备厂；1992年集资30万元，建厂房700平方米，兴办了印刷电路板厂；1994年又集资80万元，建库房800平方米，兴办了东方纸品公司。

目前，三个企业拥有固定资产250多万元，年生产、经营能力达到2000万元。

局办企业健康、快速地发展，对基层文化单位促进很大。如扬剧团在搞好演出的同时，集资办起了铜字铜牌厂、川菜馆等，文化馆负债20多万元，改建歌舞厅等，当年就取得了较好的经济效益。目前，全市文化经济实体已发展到125个，拥有固定资产1285万元，累计经营额2.1亿元，利税1700万元，用于"补文"的达358万元。七里文化站的电讯材料厂年创产值1100万元，利税300万元，成为全省文化产业的一面旗帜。

（四）

韩顺池认为，争创一流最重要的是文艺创作要出精品，"以优秀的作品鼓舞人"，为社会主义精神文明建设起到推动作用。文化局对全市400多名业余创作骨干和5名专业创作人员加以扶持。业余创作骨干每年创作的作品都在800篇（幅）以上。专业作者的创作也引人瞩目。文化局剧目工作室主任王克诚等创作、中央电视台和厦门电视台分别拍摄的电视连续剧《冰球世界》（10集）、《玉人箫》（20集）已投入制作；韩顺池本人创作的扬剧现代戏《金牛湾》获得扬州市新剧目调演优秀剧本奖；反映江上青烈士革命斗争的扬剧现代戏《血色和弦》正由扬州市扬剧团排演。

近几年，江都市文化局举办的各类大型文艺活动有几十项，基层文化站举办的各类文艺演出、艺术展览每年都达到 500 多场（期）。在文化工作者的共同努力下，他们实现了扬州市文化工作七个"最"：农村文化中心建设在扬州市最早实现满堂红，创建省级群众文化先进乡镇在扬州市最多，文化市场发展在扬州市最快，剧场演出场次排扬州市之先，文化经济实体、电影放映、图书发行收入居扬州市之首。市区 5 个单位全部跃上了全省同行业的先进行列，江都市文化局也被市委、市政府命名为"双文明"单位。

（五）

韩顺池朴实无华，平易近人。他身上没有一点官的"味道"，在他面前大家可以无话不谈。他的真诚友善感动了周围许多人，然而他对自己却很"苛刻"。他为机关所有同志解决了住房困难，自己却一家老小挤在 40 平方米的房子里。他有个儿子，患有癫痫病，他从部队转业就是为了照应这个孩子。可繁忙的工作使他无暇照顾家庭。一天上午，儿子的病又发了，一路乱跑。家里没有及时发现，结果活活抽搐死了。韩顺池骑自行车到处寻找，见到的却是儿子的尸体。他强忍着悲痛，悄悄处理了孩子的丧事。局里的同志看到他又黄又瘦，劝他无论如何休息几天，他怎么也不肯，又投入到工作之中。

党的十四届六中全会《决议》更鼓起韩顺池心中的风帆。他要走的路还很长很长，想办的事还太多太多。他的前半生交给了部队，后半生交给了文化事业，他对自己的选择一点也不后悔。他将以毕生的努力去跨越一个又一个新的起点！

1996 年第 05 期《剧影月报》、1996 年 11 月 01 日《中国文化报·文化周末》一版头条

好你个闯滩人——杨吟山

他本没有那么多的灾难和痛苦，只要他愿意，他可以当一名小学教师或者当个团支书，但他不愿过那种四平八稳的生活。他学过木瓦匠，养过鸡鹅鸭鱼，搞过贩运，足迹遍及大半个中国，但都失败了。当地有人骂他是"败家子"，可他生就的不安分，喜欢折腾。1984 年 2 月，江苏省东台市政府贴出开发海滩的招标通告，他第一个投了标，亲戚朋友没一个支持他的，父母只知道淌眼泪。未来岳父更干脆："过去的教训还少吗？我女儿不能跟你！"

这偬小子还是走了。他叫杨吟山。他是一个人走的，可他是带着团市委的支持与信任走的。

根据土质情况，他在海滩上种了 150 亩的蓖麻、30 亩红麻、

20 亩实生桑苗，又在十边地上竖了 200 根水泥杆子，搭成棚架，种了 5 公斤种子的丝瓜络。嘿！这个倔小子一举闯了个万元户，纯收入 1.2 万元。

偏偏杨吟山除了倔还不知足。1985 年他又吃进 900 亩滩涂，还雇了 6 个帮手。他与市棉麻公司协商，建立了千亩红麻基地，由棉麻公司提供部分种子、肥料和流动资金，并以每斤 0.54 元的价格收购其全部红麻。杨吟山算了一笔账：1984 年种红麻 30 亩，纯收入 3200 元，以此推算，千亩红麻收入可达 10 多万元。人们都说，杨吟山要发大财了。

然而，大自然可不那么"大方"，灾难降临了，他的两个帮手先后出事。一个脚被斧头砍伤，一个为抄近路涉水过河时竟被淹死。杨吟山难受地灌了一斤酒，醉倒在羊窝里。祸不单行。一个月后，他的老父亲又不幸去世了。就在杨吟山遭受巨大悲痛的时候，女朋友和她的父亲来到了海边，他们终于理解了小伙子所做的一切，支持他好好干。两个月后，小两口完了婚。

人祸刚去，天灾又来。连续 45 天的阴雨，使长势喜人的千亩红麻无法收割。杨吟山一咬牙，雇了 300 个工才将红麻收割上来，加上挖塘沤制、洗剥，光工钱就花去 4 万。市棉麻公司见他的红麻含水多、拉力差，就推翻了当初的口头协议，拒收红麻。这下小伙子可真傻眼了，自己当初为什么不和棉麻公司签个书面协议呢？现在只好打落牙齿往肚子里咽。无奈，杨吟山将全部红麻压到 0.27 元和 0.1 元两种价格卖给了邻县，损失达 3 万元。千亩红麻共投资 12 万，只收回了 1.8 万，整整倒贴了 10 万多。假如杨吟山当初听取别人的建议，允许周围的群众帮他抢收红麻，收入对半分，他就可省去 4 万工钱，红麻由大家分头收割、沤制、洗剥，质量高，售价也高，仍可收入 10 万元，他得一半 5 万，也远远高出那 1.8 万。为什么自己当初那么固执，宁肯雇工也舍不得让群众抢收呢？目光短浅、小农思想，杨吟山后悔得直拍自己脑袋。一败涂地，大年三十，5 个帮手卷铺盖走人，30 多个债主坐在杨吟山的家里讨债。

然而东台团市委还是充分肯定了他勇于开拓、敢冒风险的时代精神，表彰他为优秀团员，团中央还授予他"全国新长征突击手"的光荣称号。团组织的支持与鼓励像一股巨大的暖流融化了杨吟山心中的寒冰，他又振作起来了。

大年初一至初八，他逐一拜访他的帮手们，可他们说啥也不愿干了。杨吟山只好对其中一个叫崔恒山的说："你跟我苦了两年，即使不去我们也是朋友，握个手吧！"小崔还是跟他走了。那天正月初九。

种红麻没成功，杨吟山开始养蟹了。在他承包的滩地内，有个 30 亩大小的水塘，他曾捕捞过 40 公斤蟹苗放养在这里。他买回养蟹的书，又多次外出讨教，终于掌握了养蟹技术。他给方圆十里的蟹塘周围起名"蟹滩"。他又雇了 4 个小女孩专门在滩地上捉蟹，有时搬动一个小石块就能发观四五只。一统计，这口塘共有幼蟹 36 万只，价值 14 万元。所有的帮手兵分三路，前往如东、海门，上海崇明收购蟹苗。

1986 年，杨吟山靠蟹发了财，他共创产值 19 万元，利润 11 万，不仅还清了 1985 年的债务，还盈余 3 万。1987 年，杨吟山承包了东台市滩涂开发综合试验场的 5 个蟹池，水面 140 亩。他又在宁波联系了 400 公斤蟹苗，三次前往东海舰队航空司令部请求帮他空运蟹苗。两架运输机直达苏北磨头机场，只用了 3 个小时。杨吟山付运输费 1.4 万，这批蟹苗放养 3 个月后出售，收入 17 万元。这一年，他又创产值 30 万，个人得 4 万。1988 年，杨吟山租下了东台市海堤乡一块 2000 亩地的草滩，放养了 1050 公斤的蟹苗，全年创利百万元。

几番风雨，几度春秋。杨吟山成功了，他不再是那个只会扒拉小算盘的毛头小伙儿，他的事业已初奠根基，他毫无难色地与外商谈判，俨然是一副大企业家的派头。对了，他还是全国七届人大代表哩！

1989 年第 02 期《江苏团讯》、1989 年第 05 期《农村青年》

李章武：擎起双灯亮四方

1991 年 3 月，当 30 岁的李章武接任滨海县造纸厂厂长时，脸上并没有一丝笑意。

是的，自打小李 1981 年从南通河运学校阴差阳错地分到这家专门生产"双灯"牌卫生品的厂里算起，已有 10 个年头。作为一位旁观者，他对工厂的发展"历程"最清楚不过。

别的不说，就说过去的 5 年里，厂长就换了 4 任，可是谁都没能使背负重轭的造纸厂起死回生。留给他的依然是一串让人瞠目的数字：亏损 700 万，草场的原料仅够维持 3 天。除此之外，还有客户装满 26 条运输船前来要求退掉的卫生用品。

最使小李难忘的是全厂 1300 多名职工投向他的冷漠无望的目光。那并不是他们不信任小李，而是认定在滨海这块贫瘠的土地不会出现奇迹。

曾经吸引过无数目光的"双灯"还能亮起来吗？

俗话说，出水才看两腿泥。上任后的李章武没有急着去发表动听的承诺，而是首先带着一批厂里的中层干部上苏州、下南通、跑南京，进行广泛的市场调查，直接听取过去的销售大户的批评。

市场永远厚爱那些把用户视为"上帝"的生产者。曾经深受用户欢迎的"双灯"，所以遭到市拒斥，原因只有一个：忽视了质量，轻视了"上帝"。市场调查使一批中层干部触摸到了产品败走麦城的症结，也由此统一了认识，走出了失望：适者生存，一切全靠我们自己。

真正使每位职工绷紧神经的还是在李章武作出全部接受客户退货的决定之后。

为了保护住企业应有的信誉和外地原有的客户，李章武毅然决断，以好换次，全部接受 500 吨退货。职工们听说，不由得纷纷算起账来，这 500 吨退货意味着厂里要再次损失 50 万元，这真是船漏偏遭当头浪啊。忧虑犹如乌云重压在人们的心头。

厂里的仓库满了，借的仓库也满了。可是李章武没有"心慈"，他又下"绝招"，将退货分到全厂每个人头，要职工们自己直接到市场推销，并规定多销者多得。"我这是拿钱买教育，让每个人都知道产品与自己的利益关系。"李章武对此直言不讳。的确，当职工拿着产品在市场上四处碰壁时，终于刻骨铭心地体味到了厂长的苦心：产品质量不只是企业的生存根本，也是个人利益的依附支点。

与此同时，李章武又在厂内大刀阔斧地推行了一系列新举措：全员承包，风险抵押，建立新的管理机制。

然而，改革并没有一帆风顺。草料场是造纸厂的重要部门之一。但由于过去的管理制度不严，损集体肥个人的现象时有发生。草料的质量直接影响到造纸的质量。为了从根本上杜绝漏洞，李章武在厂内实行公开招标，在无人揭榜的情况下，他又毅然将此转包给外县的一家土石方运输公司。没想到各种议论因此雀起："李章武把草料承包给了个体户"，"他是借此个人捞好处"。种种阻力也随即接踵而至。"小李你太年轻了……"劝说者有之，关心者有之，批评者有之。对此，李章武没有气馁。他深知在落后的土地上，改变人们的观念比开发市场更难。所幸的是他的这一选择在经过一番坦言陈述，据理力争之后，终于得到了有关领导的理解和支持。

改革使全厂职工们的心与企业贴得紧了。人们的精神面貌变了，由此产品也旧貌换了新颜：药品卫生纸、婴儿卫生纸……一个个新品相继问世。李章武终于充满信心地擎起"双灯"重又"杀"入市场，并在激烈的竞争中逐步收复了"失地"：盐城、南通、无锡、南京……"双灯"高照，销售看好。1992 年年底，滨海造纸厂终于跃出困境，完成利税 110 万元。

"没有供不应求的产品，只有你打不开的市场"。面对告捷的成果，李章武冷静而又清醒。今年初，李章武又开拓成立了"双灯"集团，并推出了近十个新品投放市场。仅第一季度，销售收入达 707 万元，比去年同期增长 35%。

面对市场的竞争，李章武只有一个信念：让"双灯"亮遍四方。

1993 年 04 月 23 日《新华日报》

从两间草棚里崛起

——记共产党员、东台市弹簧厂厂长李炳湖

只有两间破草棚、八名工人、两台手摇卷簧机，亏损四万元的村办弹簧厂厂长的担子突然搁到了李炳湖的肩上。当村领导拍着他宽厚的肩膀问他有没有意见时，他没有吭声，只是庄重地点点头。他不能回避乡亲们期待的目光。因为他知道他们所给予的并不是什么厂长的"宝座"，而是将这两间破草棚支撑起来的动力和把这爿小厂办得红火起来的希望。

手上摇出了厚厚的老茧，身子摇成了清瘦的骨架，李炳湖苦苦地围着卷簧机摇，但两年下来还是未能还清厂里的欠债。

严峻的现实逼得李炳湖把着眼点落到去上海寻找合作伙伴上。1981年秋天的一个早晨，他乘上小镇开往上海的客车。车到上海，他连身上的灰尘也来不及掸一下，就径直赶到华东弹簧厂。然而，工厂的下班时间已过，他只得拖着疲惫的身子投宿在一家小旅社。这一夜，他辗转反侧，怎么也合不上眼。次日早晨，他草草地咬了一只烧饼，就又赶到华东弹簧厂。初次见面，对方未贸然答应，甩下句"等段时间再说"。他急中生智，补上一句："我等五天再来，好吗？"对方笑笑，不知是否算是答应。

回到东台市弹簧厂，虽然没有上海的具体承诺，他却以"不虚此行"来鼓励工人。大伙热烈地议论："总比永远蹲在破草棚

里坐井观天好！"

五天后，秋夜的寒意还弥漫着上海的高楼和马路，李炳湖已下了夜班车赶到华东弹簧厂。门卫望着手表问道："才4点多钟，怎么就来等人？"他硬撑着冷得颤抖的身子"嗯"了一声点点头。等了三个多小时，当上次那位答话的厂领导出现在大门口时，他马上迎了上去。那位领导一怔："你真的又来了？！"

第三趟、第四趟去上海，他都是乘夜班车，早早地等候在厂门口。"你这个人真有能耐！"上海人被感动了，他们终于同意与东台市弹簧厂建立联营关系。

李炳湖要干大事业了。在与华东弹簧厂"接头"后，他又把眼光转到引进先进设备、提高产品质量上。为加速产品的更新换代，他亲赴洛阳购买全自动卷簧设备。此时正赶上炎热夏季，货车驾驶室里闷热得像蒸笼，白天热得实在坚持不住了，就和司机靠到路边的树荫里避一避，或干脆将衣服用凉水浸湿穿上；夜里累得没办法了，就把车停下来，两人爬到车厢里躺一会儿。来回1500多公里路加上还要选购设备，他们仅用三天时间。三天里，李炳湖没有洗一个清爽澡，没有睡一个安逸觉，没有吃一顿好饭菜，身上的衣服被汗水淋得发出一股刺鼻的酸臭味。

1986年，东台市弹簧厂发展成为能够生产S195气门内外簧、汽车弹簧等多种民用和军用弹簧的专业厂家。李炳湖没有被取得的成就所陶醉，而是带领推销人员，兵分数路向全国各地呈辐射状进发，为企业产品开辟广阔的市场。大西北的兰州对南方人可谓"听而生畏"，他却视这块地方为宝地，硬是登上西去的列车。异乡水土不服，害得他面黄肌瘦，而找到一条新的产品销售渠道，他好不喜欢。果然不出所料，他挎包里的弹簧样品一下子被兰州手扶拖拉机厂看中，一份数目可观的订单揣到了他靠胸口的口袋里。

李炳湖是一个厂长，也是一个丈夫和父亲。一次他最疼爱的大女儿正住在医院里，可他要到苏州参加一个农机订货会，匆匆地离开了家。人生最大的痛苦莫过儿女夭折。然而这个泪水浸泡的不幸却落到他的身上。他那还没有过20岁生日的大女儿早早地结束了她烂漫的青春。这是一个完全可以避免的不幸啊！只因为他忙着走南闯北为那比自己儿女生命还珍贵的厂子操劳忙碌，错过了送女儿到大医院诊治的最佳时机！

李炳湖就是这样无私地奉献着，带领120名工人从两间破草棚里崛起，现已形成各种生产检测设施齐全，年创产值200万元，利税30万元的企业。面对这一切，有人问他还有什么要干，他憨厚地笑笑，心里却在翻腾着……

1993 年 09 月 18 日《新华日报》

说 理 篇

论戈公振的爱国主义思想

戈公振在我国近代新闻史上，是一位颇有影响的著名进步记者、新闻史研究的开拓者和新闻教育工作者。他以毕生的精力，服务于祖国的新闻事业和新闻教育事业，"学术深堪，夙著蜚声"，被人们称赞为"作为中国近代新闻界的第一人，作为实际家同时又作为新闻学的系统的研究家，享有很高的名声"。因此，他被誉为我国近代新闻史上一位披荆斩棘的拓荒者是当之无愧的。但是，长期以来，由于历史上种种原因，对于他的爱国主义思想，人们却很少提及和进行深入广泛的研究，直至他逝世半个世纪以后的 1985 年，即在纪念他诞辰 95 周年、忌辰 50 周年之际，胡愈之同志才在纪念会上第一次公开评价他是一位"伟大的爱国主义者"。我们认为，胡愈之同志的这种评价是很有道理的。本文试从以下三个方面，对戈公振的爱国主义思想作些探讨。

一、戈公振爱国主义思想的具体表现

戈公振 1912 年在《东台日报》任图画编辑，1913 年进入上海报界，先后在《时报》《申报》工作近 20 年，曾两次出国考察新闻事业，1935 年病逝于上海，毕生从事新闻工作达 24 年。其间经历了从辛亥革命到抗日战争全面爆发前夕这一中国近代史上最为动荡的年代。正如他自己所述：祖国大地"烽火频惊、神州有陆沉之危；其豆相煎，燕雀忘处堂之诚。震迷警顽，端在今日"。在这峥嵘的岁月里，中国人民在水深火热中痛苦地挣扎，中华民族到了最危险的时候。"国家兴亡、匹夫有责"，全国人民掀起了一次又一次拯救中华民族的爱国热潮，涌现出无数的爱国志士。戈公振便是在这急风暴雨中锻炼成长起来的、以"置生死于度外的态度，朝着民族解放的目标向前猛进"，他是伟大的爱国主义者之一。

1. 著述里洋溢着爱国主义激情

戈公振一生所著的《中国报学史》《新闻学撮要》《新闻学》等新闻专著以及《从东北到庶联》等新闻通讯，对帝国主义的军事、文化侵略，我国新旧专制独裁者的倒行逆施，发出猛力的抨击，表现出强烈的爱国主义热情和坚定的革命斗争精神。

（1）对帝国主义军事、文化侵略的猛烈抨击

鸦片战争爆发后，海禁大开，侨居在小国的一些外国人为适应各国侵华的需要，纷纷办起了外文报纸，充当帝国主义侵略者的喉舌，公然与中国人民和中国革命为敌。他们公开宣扬他们办报的目的是为了"保卫外国在中华所有之政治商务利益，并抵拒华人之舆论"。因此，当时外报在刺探情报、煽动侵略中起了很大的间谍作用。对于这段辛酸的历史，戈公振一针见血地指出，"中国的内讧，往往为他们挑拨而起，这种证据，是已经屡见而不止

一见了"。并在《中国报学史》中向人们介绍道：外报"最初目的，仅在研究中国文字与风土人情，为来华传教经商者之向导而已"，所以，"初外报对于中国，尚知尊重，不敢妄加评议，及经几度战争，窘象毕露，言论乃肆无忌惮，挑衅饰非，淆乱听闻，无恶不作矣"。呼吁国内人民要对这些间谍报刊保持高度的警惕。

善于玩弄两面派伎俩的外文报刊，有时也摆出一副"折中、公允、调和、平正"的面孔报道了一些似乎有利于我国的消息和文章，以此迷惑中国人民。戈公振以他敏锐的目光洞察了这伙洋人的阴谋，他在《中国急需一个代表通信社》（手稿）中揭露道："不要误会他们是爱中国，是上等的，不过因为偶然发点慈悲心，可怜中国人，否则就是在中国政治上或经济上有一种策略。"

1927年，英美日三国欲以"在中国划分势力范围"为"交换条件"而召开了裁剪海军三国会议。戈公振洞烛其奸，写有《海军会议与中国》一文。他以辛辣的笔调嘲讽道："三国人士暗中活跃，可谓极光怪陆离变化百出之观"，祖国的土地必将成为英美日三国的"俎上肉、釜中鱼"，提醒大家要及早识破这伙强盗的嘴脸。

九一八事变和一·二八淞沪战争爆发后，他随同国联调查团奔赴战场，进行实地考察，写下《东北之谜》的檄文，向全世界人民公布日本侵华真相。在这篇文章里他以幽默的笔调写道：此次东北之行"简直是一出喜剧"，"不过最可痛心的，此一出喜剧究竟演到何时才能闭幕？"接着他从政治、军事、文化、经济等列举大量事实戳穿了日本侵略者侵占东北，使东北"完全日本化，成为朝鲜第二而后已"的阴谋诡计，指出："日本人为欺骗我国人所高唱'共存共荣'假面具，至此已完全揭穿，却成了'有我无你'和'你死我活'的代名词"，呼吁中国人民"当此日人毛羽未丰，自应加紧抵抗"，"不必完全依赖国联"。他在《到东北调查后》一文中，对国联调查团的嘴脸揭露道："国际联盟又是纸老虎，调查团的五委员，只以自身利害为立场，将来报告书的制作，最多只从原则上说几句风凉话，似乎也在意料之中。"

（2）对新旧专制独裁者倒行逆施的无情揭露

长期以来，封建统治阶级为维护其统治地位，限制人民言论，使我国报业得不到发展，这是一段历史的悲剧。戈公振在他所著的《中国报学史》里，以铁的事实回顾了这段"民议其政者有诛，民相偶语者为禁"的辛酸历史，控诉道"封建专制者为遏止人民干予国政遂造成人民间一种'不识不知顺帝之则'之心理；于是中国之文化，不能不因此而入于黑暗状态矣。"

袁世凯窃取辛亥革命胜利果实后，通过破坏责任内阁、操纵党争、剪除异己、解散国会、废弃临时约法等一系列倒行逆施，妄图镇压革命。为加快复辟称帝的步伐，他泡制了袁记《出版法》，极其残酷地镇压一切不同政见的党派，扼杀一切进步舆论，偌大中国，一瞬间言论禁若寒蝉。戈公振在他的《中国报学史》中，列举大量事实，痛心疾首地揭露："袁世凯本无意于共和，姑假之以覆清室耳。故自赣宁一役后，即以大刀阔斧手段，努力排除异己，积极为家天下之预备"，全国报馆"类皆据理执言，公正雄健，莫不首遭封禁之祸"。后来，又在《新闻学》中再次强调指出："等到袁世凯帝制自为，更以威迫利诱的手段对付报馆"。袁世凯死后，紧接着军阀混战，张勋等一伙又粉墨登堂，演出了一幕幕复辟闹剧，将中国人民推向苦难的深渊，同时，也给新闻界带来了万马齐喑的萧条景象。他又控诉道："以后又有张勋的复辟，和直皖、直奉、江浙几次战争，以致阅大样、捕记者、检查邮电，习以为常"，"袁氏虽死，继之而起者，往往倒行逆施，无所恐惧"，张勋"乘机率兵拥宣统复辟。虽旋起旋灭，为时不过十二日，而北京报纸停刊者达十四家云"。

当日本侵略者的铁蹄开始践踏祖国大好河山时，全国人民一致要求团结抗日。而专制独裁者蒋介石却倒行逆施，采取"攘外必先安内"的政策，使全国抗日救亡运动在曲折的道路上前进。戈公振在《到东北凋查后》一文中对国民党当局指责道："我们自己不争气，只是希望旁人卖力为我们争回东北，本来是不合理的"，"试问华北坐失以后，南京是否可以偏安？"最后代表人民发出呼声："除了抵制日货外，只有尽力援助义勇军的一途。……其势非与全民族共同奋斗，打出一条生路不可。"以后，他又在《万木无声待雨来》一文中强调指出："今日中国唯一出路，只在召集贤能，会于首都，充实政府，负起责任。同时以全力援助义勇军与抵制日货。舍此之外，别无良策"。表现出他那团结御侮的爱国热情。

2. 实践中迈开了爱国主义步伐

戈公振在其一生的新闻实践中，一步一个脚印，始终沿着一条爱国主义的道路前进。

（1）振兴新闻事业

我国近代报刊的出现，是伴随着外国殖民主义者的入侵而开始的。最初，报刊均由外国人创办。据初步统计，从1815年到19世纪末，外国人在中国一共创办了近200多种中、外文报刊，约占当时全国报刊总数的80%以上，这在很大程度上控制和阻碍了我国新闻出版事业的发展。我国是世界上创办报纸最早、同时又是印刷报纸最早的古国，有千余年历史，而今停滞不前，在世界上处于落后地位，戈公振认为："甚属可耻！""以中国地方之大，人口之众，报纸发展机会之良好，恐为世界任何国家所不及"，只要"我人苟知卧薪尝胆，则新闻界之将来，即中国国运之将来，尚有无穷希望"。于是，他自费出国考察，学习国外先进经验，通过编译新闻著作，发起组织新闻记者联欢会、报学社、报纸讲习所、讲授新闻学等一系列新闻实践，为发展和繁荣祖国的新闻事业和新闻教育事业作出了不懈的努力。他花去了10多年的时间，广集史料，付艰辛的劳动，编著了第一本中国新闻史专著《中国报学史》，影响中外，填补了我国在世界新闻史上的空白。他和同道四处奔波，发起组织了"上海新闻记者联合会"，志在"以研究新闻知识，增进德智体群四育"的发展，使该会成为"当时一个机构健全、活动时间较长的新闻研究组织，在新闻界影响较大"。他所首创的《图画时报》《申报图画周刊》等画刊，开我国报纸增辟现代画刊之先河，其中《申报图画周刊》"可与《纽约时报》的星期画报比美"，将我国画报业跻身于世界之列。所创的"申报图书资料室"成为我国剪报室资料积累和科学管理之滥觞。此外，他还针对我国当时新闻书籍"重理论而略事实"的弊病，编译和编写了《新闻学撮要》《新闻学》等具有实际应用价值的书籍，深受欢迎。经过他和新闻界同道的共同努力，我国新闻事业为国外人士所注目，使他们不得不承认："中国之新闻及杂志，将来极有希望，有种种优良之机会，可从事于真正之舆论，以贡献于社会。"

（2）维护祖国尊严

1927 年 8 月 24 日，戈公振应邀出席了在日内瓦召开的国际新闻专家会议，他第一个登台作了题为《新闻电费率和新闻检查法》的发言，指出国际新闻电费率和新闻检查法"与中国有特别的关系"，呼吁大会认真讨论"中国与欧美两洲间之新闻电费，较之欧美两洲相互间，高过二倍半"的此种不合理同时也是不平等的状况，提出必须迅速解决这些问题。他还以自己游历各国耳闻目睹的事实，痛斥了国外新闻界对中国的"国民运动"歪曲事实的错误报导，呼吁各国要尊重客观事实，"对于中国，非扫除成见不可"。他的发言博得了主持人的赞誉，会长彭汉子爵立即起身祝贺："倾聆戈君演讲，能言善辩，深为敬佩，鄙人谨代表全体，向戈君致谢。"

1928 年秋，当他抵达日本进行新闻考察时，发现日本当局利用我国元代忽必烈曾令 10 万人乘舟东征日本，不幸遭到风暴全军覆没的历史，每年届时举办所谓"元冠纪念会"活动，为煽动侵华制造舆论。他吃惊道："我们想不到，过去怎（这）样久的事，他们却铺张扬厉的纪念着，籍超度亡魂的名义，去鼓励人民的'敌忾心'。"他又目睹日本当局利用电影、展览、教科书、纪念会等，进行东北问题的宣传，预感到日本当局的野心，立即写下《旅日新感》和《旅日杂感》，及时向国内人民敲响警钟。他大声疾呼道："满洲是我国东北的门户，这个问题一天不解决，我们就一天不能'高枕而卧'"，提醒大家"赶快生聚教训起来"。并且告诫国内执政者："我希望我们政府能壁垒森严，把势力集中起来对付他，不要只争假面子"，"寻出那一条是于我们有利的"。

此外，戈公振在出国考察中，还会晤了不少资本主义国家的首脑，并参加了国联召开的关于世界经济、劳工、裁军、交通与运输等会议，对于他们的陈词滥调，写下《国际联盟与中国》《海军会议与中国》等通讯文章，予以有力的抨击。在访问英国外相张伯伦时，认为"张伯伦氏所言，自为片面之词，绝难与吾人意志相合"，当面警告道：对于中国内政，"英国如持武力"加以干涉，"并无裨益"。并写下《英国外相之谈话》发表，"直录以供国人览观"。

（3）投身抗日救亡运动

当抗日救亡运动的浪潮到来时，戈公振的行动是为人瞩目的。请看：九一八事变和一·二八淞沪战争爆发后，东北抗日将士以满腔热血溅于白山黑水之间，第十九路军爱国将士血洒淞沪战场，戈公振挺身而出，与邹韬奋、李公朴、杜重远等人发起组织捐款援助运动，他们向全国人民呼吁，为援助东北义勇军、援助东北抗日将领马占山，慰劳十九路军抗日将士和创办伤兵医院等先后捐款达 181688.5 元之多，有力地支援了前方的爱国将士。他还参加了"上海报界赴东北视察团"，亲临东北进行实地考察，会见了张学良，并在《申报月刊》举办的《东北问题与世界大战》的讨论会上，提出"停止内争"的爱国主张。他与巴金、陈望道、丁玲等 129 人联合签名发表了《中国著作者为日军进攻上海屠杀民众宣言》，强烈抗议日军侵华暴行。此外，他还建议和协助邹韬奋创办了《生活画报》《国难惨象画报》《双十特刊画报》等，并将在东北沦陷后收集来的新闻照片资料，配合《申报》时评、专论和专著，在《申报图画周刊》上发表。他编辑《国难惨象画报》时，在一帧《安民告示》照片旁附加说明道："旁边站着着短衣戴瓜皮帽的中国人，大概是被强迫了做看告示的样子，否则是日本人所假装；以意度之，中国人决无此从容之貌。"立场坚定，旗帜鲜明。

（4）追求社会主义事业

戈公振对祖国的未来充满希望。他盼望自己的祖国能早日摆脱外侮、内讧和贫穷，建设成一个伟大的社会主义国家。为此，他对苏联进行了考察。

苏联，是世界上第一个社会主义国家。当时，十月革命后的苏联人民正在进行第二个五年计划的建设。戈公振对苏联久已向往，于是当 1933 年 2 月底宣布中苏复交时，立即前往苏联进行了为期三年的考察和访问。一到苏联，他为苏联人民的忘我劳动精神所感动，"领略这新国精神的存在"，"另有一种伟大"，"分明表示出新的主义已代替了旧的主义了"。他在苏联期间，从城市到乡村、从工业到农业，从文化到商业，从军事到政治，甚至儿童的"幼稚所"，几乎无所不及，进行详尽考察，写下《我对于观察庶联的态度》《第二五年计划》《苦尽甘来的庶联》《最近庶联人民生活的一班》等一篇篇介绍苏联人民进行社会主义建设的通讯文章，向凄风苦雨的国内人民介绍道，"我国是苏联的紧邻，为苏联同等的家业，为苏联同样的遭遇"，"眼看着苏联扶摇直上，我们应该作何感想！"指出："我国地大物博，民众和工业及教育的落后，地位和庶（苏）联差不多，他们今日所能做到的，我们未始不可做到，'有为者，亦若斯'。我希望我国不久也有全国总动员从事建设之一日。"所以在 1935 年秋，当邹韬奋电邀他回国筹办代表人民喉舌的《生活日报》时，毅然中止了对苏联的访问，回到危难的祖国，准备投身到伟大的民族解放运动中去。回国不久，终因劳累过度，染疾而逝。

二、戈公振爱国主义思想的产生根源

我们认为，戈公振爱国主义思想产生的根源，主要有：

1. 善于读书

戈公振自幼爱读书，在他读过的书中，他特别喜爱的就是唐代刘禹锡的《陋室铭》。他常将这首词题挂于自己的书房中自勉。刘禹锡是中唐时代著名诗人，官至监察御史，曾和柳宗元等参加王叔文为首的政治革新集团，失败后贬为朗州(今湖南常德)司马。刘禹锡贬官后消沉，他始终坚持自己的政治信仰，不与权豪势重同流合污，即使到了老年，仍以"沉舟侧畔千帆过，病树前头万木春"自励，保持着旷达乐观的情绪。《陋室铭》是刘禹锡在政治斗争失败遭贬后为自己的居室而作的一篇座右铭。刘禹锡的这种不向权贵摧眉折腰的节操，在学生时代的戈公振脑际中印上深深的烙印。当年，巴拿马华工误入瘴疠之地，备受洋人凌虐，死亡者甚多，学校以此命题作文，戈公振写有"我亦有土，何必力尽海边;家非无坟,突为骨埋山岛"的豪言壮语,正是受《陋室铭》中"惟吾德馨"情感影响的反映。因此,当他进入上海报界后,对于帝国主义列强的军事,文化侵略能严加痛斥。

戈公振出身于"书香世家",家中藏书甚丰,其中梁启超的《新民丛报》和邹容的《革命军》以及《东方杂志》《学生杂志》《教育杂志》等反映我国早期民主革命思想方面的著述和刊物均有珍藏,爱书和读书成癖的戈公振从中得益匪浅。特别是邹容那要"扫除千年种种之专制政体"的民主革命思想,影响着他的成长。后来,他在编写《中国报学史》的"民报勃兴时期"历史时,特以较多的笔墨记述了"苏报案",称之为"鼓吹革命之健者",使我们不难觅得他产生爱国主义思想的根由。

2. 家教有方

戈氏家族中素以"茂才辈出,英彦竞秀,为世人所乐道"而闻名故里一带。其中最负盛名的是戈公振的伯祖母翟太夫人和伯父戈铭猷。伯祖母翟太夫人是东台西溪书院院长翟登云的长女,名宝淇,字弢庵,学识渊博,是位才女。在当时"废科举、兴学校、育人才"思潮影响下,她能冲破千余年封建礼教对妇女的羁绊,兴办女校,为社会培养了一批批有文化的女学生。戈公振6岁起即在她所设的"弢庵家塾"读书三年,受到良好的启蒙教育;伯父戈铭猷,字伯鸿,为翟太夫人长子,戈公振嗣父。戈铭猷先后任南昌府铜鼓厅同知、乐平县知事等职,以"勤政爱民,射耐劳苦，非风俗吏可比"而闻名。青少年时代的戈公振曾跟随他在县衙读书、生活，耳濡目染，深受薰陶。此外，戈公振的父亲戈铭烈，是位"鞠躬修真，翼翼守约"的监生，德高望重，在家乡受人尊敬；哥哥戈绍甲、妹妹戈绍怡以及堂弟戈绍龙均从事文化卫生教育工作。一家人思想进步、崇尚革命。武昌义举，戈氏"家门口最先挂了白旗"，迎接中华民国的诞生。在这样的家庭环境里，无疑对戈公振的爱国主义思想的产生起着一定的影响。

3. 广交益友

孔子曾经说过："益者三友，损者三人。友直、友谅、友多闻，益矣。友便辟、友善柔、友便佞，损矣。"故"择其善者而行之"。戈公振爱国主义思想的形成与他善于广交益友是分不开的。

戈公振曾经对人说："教我的是狄平子，识我的是史量才，了解我和爱护我的是邹韬奋和马荫良。"戈公振的这段自白，是有缘由的。狄平子即狄楚青，《时报》馆主人，时为上海报界的知名人士，曾参与维新运动，具有一定的爱国思想。戈公振曾在《中国报学史》中对其介绍道："狄氏，抱革新思想，自日本归国后，即与《湘学报》主笔唐才常在上海组织中国独立协会，图大举。假名东文译社，以掩官厅耳目，经济无出，则囊旧藏古书画以充之。初拟结连各秘密党，乘间入京。寻八国联军之役起，首都沦陷。乃一面邀集各省人民，组织国会，推容闳严复为正副议长，以为对外代表人民之机关。一面购置军火上溯汉口，欲占为起义之地。惜内部事机不密，功败垂成。从此狄氏灰心武力运动，乃创办《时报》，为文字上之鼓吹"。狄楚青是戈公振进入上海报界后认识的第一位朋友，因志趣相投，遂为忘年交，对初进上海报界的戈公振影响深远，直到1934年，戈公振遥居苏联还深切地怀念他，写有《莫斯科岁暮忆狄楚老》诗。诗云："我佛说平等，万劫都消灭，何以人相杀，辗转而不悔。今闻箕豆煎，益垂家国泪；嗟嗟岁云暮，相勉惟不息。"可见戈公振爱国主义思想的形成，与狄氏的影响是分不开的。

史量才也是一位具有爱国思想的著名报业家。当戈公振进入《申报》工作时，正是史量才倾向抗日之日。一·二八淞沪抗战时，史量才曾捐献巨款，支持抗日，并当选为上海地方维持会会长，后又积极支持成立中国民权保障同盟，与宋庆龄、鲁迅、杨杏佛、胡愈之、邹韬奋等人一起，力主团结抗日，抨击国民党的内政外交，深受蒋介石的忌恨，于1934年遭暗杀身亡。戈公振在《申报》工作期间，主张革新，得到史量才的赞成和支持，他和陶行知、黄炎培等人遂成为史量才的"智囊团"。1935年10月15日晚，当戈公振风尘仆仆由苏联回国至沪时，第二天专程至史量才灵堂吊唁，寄托哀思，由此也可见戈公振对这位"伯乐"的思念和崇敬之情。可以这样说，史氏的爱国思想对戈公振的成长起着催化剂的作用。

马荫良曾任史量才的秘书，进入《申报》后，和戈公振、陶行知、黄炎培等一起，协助史量才改进《申报》工作，创办《申报月刊》《申报年鉴》、申报流通图书馆和新闻函授学校等，并支持《申报》副刊《自由谈》刊登鲁迅杂文和其他左翼作家作品。他与戈公振同室共事多年，互为进步。当戈公振弥留之际，是他与邹韬奋两人聆听了戈公振的遗言。

邹韬奋是伟大的爱国者、著名的评论家、政治活动家，又是杰出的出版家和新闻记者。他俩自 1925 年相识后，即志同道合。戈公振曾协助邹韬奋创办了《生活画报》《国难惨象画刊》和《双十特刊》等《生活》周刊的副刊。九一八事变和一·二八淞沪战争爆发后，他俩又一起为抗日救亡运动奔走呼号，积极发起捐款运动，支持抗日将士的爱国行动，并一起筹办代表人民喉舌的《生活日报》。毫无疑问，邹韬奋的爱国主义思想对戈公振影响是巨大的。

戈公振一生广交游，在他的朋友中，有抗日爱国志士李公朴、杜重远等人，李公朴曾说与他"有十年的道义交"，杜重远称他为"好友"。另外还有"五四"时期和大革命时期的著名报刊编辑、共产党员杨贤江、抗日战争时期受敌伪通辑的爱国报人黄寄萍等这样一大批朋友在他的周围，对他的爱国主义思想的产生和发展，影响也是很大的。

4. 追求真理

戈公振爱国主义思想的形成，和他能顺应历史潮流，踏着时代的脚步，敢于向往光明，不断追求真理的意志是紧密联系的。

辛亥革命爆发后，推翻封建王朝，建立民主共和已成一股不可抗拒的历史潮流。素有"江海之通津，东南之都会"之称的上海，在这伟大的历史潮流中，为全国全世界所瞩目。她唤起了一代新人，决心为冲破封建主义的思想牢笼，摆脱帝国主义的新闻钳制，振兴祖国新闻事业而冲锋陷阵。刚从学校毕业不久的戈公振就是这样怀着一颗"以生命贡献于新闻事业"的爱国心，只身来到上海。在上海报界近20年的新闻实践中，作出了杰出的贡献，为祖国赢得了荣誉。

当日本侵略者的铁蹄步步逼近，蒋介石步步退却时，戈公振始终站在人民一边。他深入虎穴调查侵华事件的真相；发起募捐运动声援抗日将士；编辑《国难惨象画报》等，揭露日本侵略者的侵华罪行。当人民一致要求创办以"救国救民"为宗旨的《生活日报》时，他又与邹韬奋、李公朴、杜重远等人一起四处奔波，集资筹款，组织经营，并拿出详尽的办报计划。可惜从中遭国民党迫害，办报中途夭折。但他毫不气馁，为寻求真理，他来到久已向往的苏联，进行了为期三年的考察，耳闻目睹"庶（苏）联已排除一切困难，走上社会主义的大道"，找到了"中国要从死里逃生，此方面不宜忽略"的真理，"希望我国不久也有全国总动员从事建设的一日"。所以当邹韬奋等人电邀他回国筹办《生活日报》时，他立即启程返国。

三、戈公振爱国主义思想的演变过程

和旧中国所有的旧知识分子一样，戈公振爱国主义思想的形成，也经历了一个错综复杂的演变过程。下面我们就戈公振爱国主义思想的演变过程作些具体分析。

纵观戈公振的一生，他的爱国主义思想的形成可分为以下三个阶段：

第一阶段为萌芽期。从他入夑庵家塾接受启蒙教育开始，到进入上海报界之前止。也就是说多大致从1896年到1913年。这一阶段是戈公振在童年和青少年时期的学习阶段。他耳濡目染地受到当时具有民主革命思想的家庭薰陶，在新学崛起的东台高等学堂接受教育。同时，初步接触了我国早期的资产阶级民主革命派的有关书籍，使他的爱国主义思想形成得到启迪，奠定了思想基础。当时，辛亥革命爆发后，民主革命思想已经深入人心，这在戈公振幼小的心灵上，深深印下烙印。整个青少年时期，他是一个民主主义者，对于新旧民主革命者是拥护和支持的。他同情劳动人民，憎恨帝国主义者对中国的掠夺，但是，思想纯朴而幼稚，曾为寻求光明和真理，发出"老待在这个家乡没出息"，"也不再回来了"的怨言。这是他对家乡的一种偏见，暴露了他思想上的弱点。但是，戈公振在上海还是关心家乡人民的疾苦，乐为家乡人民排忧解难的。

第二阶段为成长期。从进入上海报界到九一八事变爆发前夕为止。也就是说，大致从 1913 年底到 1930 年。这个阶段，戈公振已经正式走向社会，接触社会，开始了社会实践，并在实践中逐渐加深了对社会的认识和理解，爱国主义思想在成长过程之中。在这段时期里，中国发生了五四运动、五卅惨案和济南惨案等重大历史事件。随着五四运动的爆发，新文化运动已经蓬勃兴起，对着顽固的封建礼教和封建文化发起猛烈的冲击。随着俄国十月革命思想在中国的传播，帝国主义列强妄图瓜分中国的丑恶嘴脸已暴露无遗，中国人民日益觉醒，反帝反封建运动更加深入广泛地开展。这段时期的戈公振为反帝反专制独裁而"'不求闻达，不受诱胁，尽一报人'的天职，为社会作前驱"致力于新闻著述及创办新闻教育和理论研究机构。从他那"深愿主笔政者，今后能移易其眼光，开其胸襟，予平民以发抒意见之机会，勿执己见，勿护过失，而第以寻求真理为归也"的办报思想和方针可以看出，他这时在思想立场上已开始转向劳动人民。在现实教育下，他看到了工人阶级和人民群众的伟大力量。但是，他这时的思想很明显地是受"实业救国""科学救国"的思潮所支配。实践证明，这条道路是行不通的。这也是当时知识分子的弱点。

　　这段时期的后期，他通过出国考察新闻事业，并把考察范围扩展到国际政治、经济、文化领域。此时，他虽对帝国主义列强妄图侵略中国的丑恶嘴脸有了进一步的认识，在他的著述中，能以大量事实揭露"近者'五卅'案发生，彼等爱中国爱和平之假面具"反映出强烈的反帝思想，但对国民党政府尚抱有幻想。所以，此时他的爱国主义思想处于成长期，并未成熟。

第三阶段为成熟期。从九一八事变到苏联回国不幸病逝止。也就是说，大致从 1931 年至 1935 年。这一阶段，日本帝国主义者的侵略战火已燃烧祖国大地，戈公振的思想也发生激烈的转变。他仇恨帝国主义，对蒋介石的不抵抗主义表示强烈的不满，热情赞扬抗日将士的爱国行动，并投身到抗日救亡运动中去。他发起捐款援助运动，发表声明，并不畏强暴，亲临战场调查侵华事件真相，发表了一篇篇揭露抨击日本侵略者和蒋介石不抵抗主义以及国联的虚伪性的文章，力主团结抗战，表达了全国人民共同的愿望。为了寻求真理，他到苏联原打算作"走马看花"的考察，不料为之感动竟留了三年。他希望中国也应走苏联之路。他曾对他的亲侄戈宝权说："我的年纪已经大了，我至多只能成为一个社会主义者，而你应该成为一个共产主义者。"当危难中的祖国在向他召唤时，他毅然由苏联返回。此时，他已感到政治斗争的重要性和必要性。他在莫斯科曾致信给李公仆，云："兄努力平民教育，敬佩此种工作乃从基本补救。总之政治不入轨道，则事倍而功半，尊意如何？"可惜的是，回国不久即猝然病逝。他为他壮志未酬而遗憾，弥留之际，发出"国势垂危至此，我是中国人，当然要回来参加抵抗侵略者的斗争"的吼声。可以断言，如果不是早逝的话，他定能和邹韬奋、沈钧儒、胡愈之等人一起，奔赴抗日的前哨。中国近代史上著名的"七君子事件"有可能就是"八君子事件"。

戈公振是我国知识分子毕生热爱祖国、热爱人民，追求社会主义、追求真理的又一典范。

1990 年《戈公振诞辰一百周年学术讨论会纪念文集》

让农村团工作尽快合上改革的节拍

最近，江苏农村许多基层团干部和团员青年反映，随着农村产业结构改革的不断深入，农业生产责任制的不断发展，农村团的工作已经越来越落后于形势的发展，不少团支部处于瘫痪、半瘫痪的状态。为此，我们于 5 月中下旬走访了苏北东台县 8 个乡镇 32 个村，感到这一现象带有普遍性，需要尽快解决。

农村团支部的现状，从下列三个"难"字上，可以知其大略：一难集中。团员活动难集中是普遍现象。富东乡胜利村现有团员 27 人，今年 3 月下午一次开会，要求一点半集中，结果等到五点，才到了 8 人。联丰村共有团员青年 182 人，今年 5 月期间，乡团委召开表彰会，分配该村出席代表 10 人，村团支部先后用广播五次通知到人，并登门逐人打了招呼，结果还是有 5 人没有参加。团员活动难集中，团干部活动也难集中。5月19日下午，我们在富安镇召开农村团支部书记座谈会，该团委通知了12人，到会9人，第一个和最后一个分别是三点半和六点到的。

二难活动。一是农村青年之家正在被逐步蚕食。1983年，廉贻乡创办农村青年之家11个，目前还剩下6个，现有图书1250册，损失百分之53%，活动器材也在与日俱减。二是农村团支部没有经费搞活动。许河乡高墩村缺少团的活动经费，去年仅在五四期间开过一次表彰会，到会12人，占团员总数的25%。难怪有些团员说："不是读报学团章，就是唱歌下象棋，真没意思。"

三难管理。一是农村团员流动多，分布广。富东乡弓弯村现有团员32人，其中20人在外运输、经商等。并且绝大部分是临时工、短工，打的是"游击战"，团组织很难与他们联系。二是婚后女团员不爱团。海堰乡出嫁后应转而未转组织关系的"挂名册"女团员有92人，其可谓"做姑娘时革命化，当了媳妇一般化，成了母亲不像化（话）"。三是团费收不全。富安镇安澜、周坝、孟庄三个村去年团费一分未缴。

这"三难"确定使农村团支部书记伤透了脑筋，再加上他们政治上得不到关心，经济上报酬太低，兼职多，杂务事多，少数人甚至想辞职不干。富安镇36个村，现有7名团支部书记向村党支部或镇团委提出过申请，并有2人离职到了镇染织厂和村纸箱厂。廉贻乡也有一名团支部书记离职做了木匠。

有人说，现在的农村团支部等于"维持会"，这话有些夸张，但它指出了问题，应引起我们的警惕和深思。

农村团支部瘫痪、半瘫痪的原因起码有四个：

一是党支部不够重视。许多村党支部对团工作抱着漠不关心的态度，对团支部碰到的一些实际困难很少过问。廉贻乡有5个农村青年之家被占用，致使团员活动没有器材和场所。富东乡东升、胜利两个村要不到活动经费，团的活动很枯燥。这两个村去年都只开了3次会，出席率一般在30％左右，不少团员，通知他开会，嘴上答应得好好的，就是到时不参加。

二是团支部书记缺乏责任心和能力。目前，农村团支部书记普遍缺乏责任心，多数团支部书记满足于当"传声筒"，对上级团委的工作和活动采取应付的态度，少数团干部干脆想辞职不干。造成这一情况的原因，主要有三个：第一，政治上得不到关心，长期被关在党组织的大门之外。富东乡联丰村团支部书记杨林，自1983年以来，年年打入党申请报告，可村党支部从未派人跟他谈过心。第二，经济上报酬太低，收入不够自己消费。富东乡23个农村团支部书记，月平均收入13元，最少的只有8.5元。第三，兼职多，杂务事多，工作精力难保证。廉贻乡共有29个农村团支部书记，其中有28人兼职，最多的一人兼了五职，这些团支部书记月平均工作日达24天。农村团支部书记缺乏工作能力也值得重视。富安镇安澜村团支部书记姚呈兰，今年 20 岁。她体改时之所以进班子，主要是考虑年轻，又是女同志，可以兼任妇女主任。但由于小姚缺乏组织能力和领导艺术等，工作碰到困难，只会哭鼻子。该村团支部去年 1 月至今也没有缴过一分团费，去年两次活动到会人数都只有 40%。

三是组织设置不合理。这个县农村团组织建制很大，仍是村成立团支部，团小组建立在村民小组。而一个村的团员一般在 50 人左右，青年 350 人，大的村有团员 90 人，青年 500 人，而且住的地方比较分散，有的离村团支部有二三里路，由于人员多、住地散，团支部搞活动比较困难。另外，由于农村产业结构的调整，许多团员向农村广阔领域进军，向乡镇企业转移，既是工人，又是农民。这样团支部"三会一课"很难组织，特别是发展新团员，由于外出团员过多，支部大会实到人数还不到应到人数的一半，给发展工作带来了一定的困难。四灶乡四灶村共有团员 67 人，但正常在家的只有 28 人，而且一般是女团员，丰收村 47 个团员，没有外出的不过十五六个，而且一般是老实巴交的小伙子。

四是团员组织观念淡薄，思想素质下降。现在团组织活动，不少团员不乐意参加，说什么参加活动误了做生意。团费也不主动上缴了，团小组长碰到他，便说一声"忘了带钱，下次补缴"搪塞过去。富东乡去年应上缴团费 335 元，结果只完成 30%，而且其中不少是团支部书记自己掏腰包垫的。

农村团支部瘫痪、半瘫痪的现状及其原因，东台团县委已作了广泛了解。今年5月1日至31日，东台县乡两级团干全部深入到村组，实行面对面的指导，同时有所侧重，每人完成一份农村团工作的调查报告。这个团县委还派出调查组，总结了该县许河乡解放村、南沈灶乡徐墩村、时堰镇嵇东村、六灶乡高灶村等团支部以变应变，适应农村经济体制改革的若干经验。团县委决心在今年年底以前，让瘫痪、半瘫痪的团支部迅速站起来，合上农村改革的节拍。

一是全面提高农村团支部书记的素质。东台团县委在针对实际，对缺少团支部书记的抓增补，兼职过多的抓调整，领导不称职的抓改选的同时，将采取多种措施全面提高农村团支部书记的素质。第一提高思想素质。东台团县委拟于7月下旬举办一期大型的农村团支部书记培训班，加强共产主义思想、纪律教育，党的全心全意为人民服务的根本宗旨教育，党的农村经济政策教育，和共青团干部光荣感、责任感的教育，引导他们继承和发扬我国人民"先天下之忧而忧，后天下之乐而乐"的爱国主义精神，勤奋、智慧、诚实、勇敢的崇高美德和舍己为人、助人为乐的优良作风，真正做到向前途看、向祖国看、向责任看。并要求团支部书记静下心来多读一些马列主义书籍，如哲学、政治经济学、科学社会主义等，通过理论学习，提高认识能力，从而做到观察问题敏锐，分析问题深刻，判断问题准确。同时积极发展农村青年知识分子入党，恢复由共青团向党组织推荐建党对象的做法，将农村团支部书记的报酬明文规定提高百分之十至二十，从政治和经济上关心他们。第二，提高文化素质。东台团县委设想，对农村团支部书记的学习培训，由乡镇党校和业余团校分期分批进行，可实行"五二三制"工作法，即用十分之五的时间从事团工作或其他工作，用十分之二时间从事家庭工副业生产，用十分之三的时间安排培训和自学，培训和自学要读点历史、地理、美学、文学，读点法律以及科技资料等，尽量把知识领域扩大一点。第三，提高业务素质。东台团县委决定，今后经常不定期地下发共青团工作理论书籍至农村团支部，办好团内《信息交流》，加强团支部间的横向联系，开展团的活动创新立功大赛。

二是改革农村基层团的组织设置。从今年下半年开始，东台县委想让各乡镇团委将比较大的团支部改为团总支，相应地将团小组改为团支部。团总支增设联络委员，加强本总支支部间以及本总支与外总支之间的工作联系，密切村内各部门的工作协作，解除团员青年的思想顾虑，提供生产、生活信息。各团支部也相应增设联络委员，工作职责与总支联络委员相同。为适应团员临时外出，还将成立外出团支部，由团总支联络委员兼任团支部书记，同外地团员通信联系，经常向他们通报团的活动时间及组织的重大活动内容，并随时听取他们对团支部的情况汇报，团的活动意见、建议和外地团的活动经验。

三是恢复和创办青年之家，丰富团的活动。恢复和创办青年之家，关键是要得到各级党组织的重视和支持，解决场所、器材等问题。东台团县委准备将全县农村青年之家的状况及其解决的办法的调查报告送给县委，请求批转各乡镇党委给予高度关心，通过多种渠道集资，力争年内村村建立健全青年之家。并以青年之家为阵地，开展丰富多彩的活动。农村团支部将根据上级团委的有关部署，下半年着重开展"我致富的门路是什么"的横向交流活动。

四是加强农村团员青年的思想政治工作，关心其切身利益。东台团县委将根据青年不同时期的思想实际，通过读书、宣读、团课，学习老山、者阴山英雄人物的事迹，请老前辈讲革命斗争史等，对农村团员青年进行马列主义基础知识、理想前途、道德纪律教育。最近，东台团县委发动全县50万青少年给边防战士"写慰问信，寄慰问品"，就是一次生动的爱国主义教育。与此同时，东台团县委还将开展"谁是青年的知心朋友"征文评选活动，鼓励团支部照顾青年特点，关心青年生活，把团员青年吸引过来。

五是有耐心，不怕挫折，积极争取党组织的支持。东台团县委认为，党支部关心是一个方面，团支部争取党组织的支持也是一个方面。为此，东台团县委要求农村团支部要尊重党组织，经常汇报自己开展活动的情况，虚心听取他们的意见，了解他们对活动的看法，以便随时纠正自己可能出现的偏差，要有耐心，不怕挫折，言词恳切地向他们陈述自己所认为的重要事情和利害关系，向他们解释自己所要开展的活动的意义，消除他们的顾虑。同时，东台团县委也将建议县委和各乡镇党委，对很少过问共青团工作、缺少青年之家的，不能评为文明村。农村党支部书记的岗位责任制，分管工作要有分数。对团工作过问的多与少、好与差，由乡镇团委年终考核报党委。

1985 年《江苏青年工作调研文选》

不要插嘴

我有一位同学，在同龄人中可算是个秀才加"口才"的"尖尖"角了，就是常常爱打断别人说话。比方说吧，住在一个寝室的同学聚在一起讨论个问题，别人话说到一半，他就突然插进来，抢过话头，滔滔不绝，弄得受了抢白的人皱起眉头，大家扫兴得很。几次一来，本来对他蛮佩服的同学也不禁生出了反感。

插话看来是件小事，仔细想想也有个尊重他人的问题。青年人都爱交谈，当然，思想水平和语言的表达能力因人而异，但每个人都有说话的权力。另外说话也有个秩序的问题，随便打断别人，不但中断人家思路，而且一个人话没说完，整个意思还没表达完，即使你说得有道理，人家在感情上也不易接受。再说，将心比心，要是别人也随意打断你的讲话呢？

当然，话说回来，假如碰到特殊情况需要插话，那不妨先打声招呼："对不起，请让我插一句。"这就叫文明。

1982 年 07 月 09 日《青年报》

当心招标走过场

一家严重亏损的化工厂招聘厂长，原厂长病休一年刚离厂，但还是投了标，副厂长和中层干部却无人投标，结果老厂长"中标"。据说大家没有投标的原因是，不知道这回事，撕不开面子，谁也没有"两下子"，看来这家工厂只是搞了个"公开招标"的形式。

通过公开竞争、公开选拔，在充分发扬民主的基础上实行优胜劣汰，确定企业的经营者，这种用人方式，能为企业注入新的活力，因此需要造成强烈的竞争气氛，宣传不竞争"能人难出，企业难活"的思想，公开招标的对象是"能人"，前面提到的那家严重亏损的化工厂，更要在较大的范围内选择企业经营者。这样，一些企业人才积压、另一些企业人才奇缺的现象才能得到改变。如果仍以凭感情、靠关系的旧习惯办事，那什么新招儿也救不了企业。

1988 年 02 月 10 日《中国青年报》

从"无用功"说开去

物理学上有"无用功"和"有用功"之分。要得效率高，必须力求多做"有用功"，少做甚至不做"无用功"。

物理学上的"无用功"，又使人自然联想到当前教学上的一些"无用功"。

为什么学生课业负担重的问题得不到彻底解决？仔细分析，当前某些老师在课堂上对学生盲目的教，实际上就是一个重要原因。试想，如果一个老师不能抓住新课讲授的重点、难点，不该讲的，讲了；如果一个老师不能了解自己学生的学习基础，不能因材施教，只重视书本知识的传授，让学生疲于记笔记、背笔记，而忽视了基本技能的训练，教学中没有启发式，学生怎能学得深，学得透？怎样做到举一反三、触类旁通？这样，久而久之，学生学的负担重了，老师教的负担也重了。老师做了许多"无用功"。

那么，在教学中怎样才能使老师所作的"功"对学生来说是

"有用功"呢？我认为，每当讲授新课，首先，要吃透教材，真正把握住重点、难点。与此同时，要深入了解学生要学好新课内容要有多少负担。学生不该有的负担，我们就不能加给他们。其次，讲授方法也是关键。要注意引导与启发多让他们勤思、巧练。为了巩固新知识，还得精选题目，留给他们在课后练一练。这些当然不是绝对的，还有待于广大教师自己去摸索和总结。

1982 年 04 月 03 日《盐阜大众报》

先"入套"再"出套"

先"入套"——模仿，再"出套"——创新，这是学生作文的普遍规律。

遗憾的是，这些年来，一些中学生作文无"模"可仿，入不了"套"，"出套"也就更谈不上了。老师布置作文题目，学生课内或课外东拼西凑，敷衍成篇；批改好后，老师"矮个子里选将军"，找出一两篇"佳作"，在班上读一读，评一评，如此而已。

那么，怎样才能使学生有"模"可仿呢？笔者认为，关键在于我们教师能不能找到规范而又多样、优美而又易学的范文。范文找到了，我们就在课上读，墙上贴，天长日久，学生定能受到立意的构思启示和谋篇布局的点化。

在模仿中创新，甚到独立创造，这是学习作文的最终目的。针对范文的某一特色，我们让学生去模仿，更鼓励学生去创新。写得较好的学生作文，我们也要给其以范文的同等"待遇"，或朗读，或传阅，或刻印。如此训练下去，学生们自然熟能生巧，掌握"为文之道"，并在作文时灵活运用，从而"出套"。

最后说句题外话。在"入套"的同时，我们也应让学生"识套"。譬如说，每周作文课上，都花那么半小时，讲一些"文章作法"，这会加速学生"出套"的。

1987 年 02 月 25 日《盐阜大众报》

邮政车怎能变成"采购车"

往返于南京、盐城一线的"一六二一五"号邮政车，群众给它起了个绰号，叫"采购车"。

称它"采购车"，是有根据的。8 月 7 日上午八时，我们前往富安邮局去取报纸。按常规，这个时间准能拿到。然而，这天邮车却迟迟未到。邮局人员议论说："一六二一五车从来是不得早的，他们要沿途采购鸡鸭！"正说间，邮车到了。车门一开，"采购车"真是名不虚传，几十只鸡鸭在里面乱叫。对此，群众很有意见。邮局的同志对此也很不满，他们说，这样不仅有损邮局的声誉，更影响把报纸及时送到订户手中。

1982 年 09 月 15 日《人民日报》

制止无票乘车要有措施

　　类似驾驶员陈玉才那样让无票的熟人乘车的事，常有所闻。据我所知，这些能够享受无票乘车"特殊待遇"的"特殊乘客"，一般都是驾驶员、乘务员或车站工作人员的亲戚朋友。他们常常是站外上车，站外下车。无票乘车的人数增多，不仅扰乱了正常的交通秩序，而且损害了国家的经济利益。

　　我认为，交通部门必须采取切实有效的措施，来制止一些人的无票乘车。即使是交通部门的工作人员，乘车也得凭票，票钱可回到所在单位报销。至于他们的直系亲属免票乘车，则更可不必了，因为这种"特殊待遇"是不应当给的。

1982 年 03 月 23 日《新华日报》

观《摆渡》

　　今年从 2 月至今，我市的小品《摆渡》已先后在省内外公演近二十场，参加过东台、盐城、徐淮盐连、江苏省和华东地区的小品比赛，前四轮均获得一等奖，后一轮获得二等奖。这一艺术成就在东台尚属首次。原文化部代部长周巍峙、省委副书记孙家正、省文化厅厅长王鸿看了这个小品，都曾给予较高评价。

上月底，在南京参加华东地区的小品比赛时，我再次看了这个小品。故事发在渡口。城里鸿运酒楼的小老板从泰山寺烧香回来，再次过河时，少给了一分钱，老船公向他索取。小老扳掏出一沓钞票，先是一张一佰元，后是一张伍拾元、拾元、伍元，让对方找"零钱"。老船公收下一张伍元，找给对方一塑料袋硬币。小老板将硬币全扔进河里，并讥笑老船公有钱不会花。老船公一气之下，掏出因捐款而受表彰的荣誉证，小老板有所起敬。

这个小品立意较高，主旋律是歌颂，乐于奉献的老船公形象跃然纸上。小品的意蕴很深沉：一分钱派一分钱的用场，不能乱丢、乱花。小品的表现手法别具匠心，是一种先抑后扬。一分钱掉在地上，老船公找了半天还在找，小老板少给了一分钱，老船公就是不依，给人一种"分文必争、一钱如命"的感觉。就是这样一个人，却将辛苦多年积蓄下来的一万五千元捐赠给乡里修建大桥。小品的人物个性也相当鲜明。老船公倔强、俭朴、乐于奉献；小老板富有、空虚、爱讲面子。一个由业余作者、业余演员创作和表演的十分钟的小品，能达到如此境界实在不容易。

1991 年 01 月 01 日《东台报》

谢军的"下一盘"

　　读了国际象棋世界女子冠军谢军事迹的报道，有一件事使我难忘。一次，教练张连城说谢军的一种布局不太合理。听后，她琢磨了好大一会，又跑到正在指导别的队员的张教练身边，歪着头笑道："教练，我怎么觉得我的布局一点也不坏呢？"张教练耐心地给她重新讲解了一遍，她仍然不服，甚至跟教练争执起来。"下一盘，看谁的布局好！"她嚷着，脸红红的，并一连与张教练下了十盘。最后，她明白了自己的不足之处，高兴得蹦起来。

　　谢军的"下一盘"，反映了她的执着和刻苦。她善于独立思考，不懂不装懂，下一盘弄不懂，就下两盘、三盘……她 5 岁学下象棋，到 21 岁成为世界冠手，主要得益于此。

　　谢军的"下一盘"，反映了她的勇敢和自信。她喜欢挑战，不迷信权威。你教练认为布局不合理就比一比。她除与教练"顶牛"外，在赛场上更充满自信。去年世界八强赛，苏联占六名选手。苏队教练说她无法越过这一关。她笑道："走着瞧吧！"结果，她获得第一名。与南斯拉夫名将马里奇争夺挑战权，有记者问谁能获胜，她笑道，"一定是我！"与奇布尔达尼泽争霸前，有的说奇氏已向苏联公众保证卫冕成功。她笑道："棋盘上才能见高低呢！"她就是这洋，无所畏惧，勇往直前。

　　我们在向谢军祝贺的同时，更要学习和发扬她的"下一盘"

精神，"智而不惑，勇而不惧"，团结一心，坚定不移地走有中国特色的社会主义道路，在各自的岗位上建功立业，攀登世界高峰。

1991 年 11 月 16 日《盐阜大众报》

评胡星亮、张瑞麟主编的《中国电影史》

　　1905 年秋，北京丰泰照相馆摄制了谭鑫培主演的《定军山》片断，标志着中国电影的正式诞生。至今，在 20 世纪中国社会的风风雨雨中，中国电影已走过了 90 年的发展历程。然而，长期以来，一直没有一本像样的中国电影史著作出现。现有的几本中国电影史著作，或者因编著年代久远而观点陈旧，或者只是流于历史资料的简单罗列而缺乏理论深度，或者在编著体系上顾此失彼，没有完备的系统，等等。总之，都难以与蓬勃发展中的中国电影事业相匹配。在世界电影诞生 100 周年，中国电影诞生 90 周年之际，由胡星亮、张瑞麟主编的《中国电影史》问世了。这部崭新的中国电影史著作，以丰富的史料和理论深度，较为完备系统地构画了中国（包括港台）电影发展的历史流程，在经纬交织的论述中，史论结合，辩证分析，而且以史鉴今，在电影史研究的诸多方面具有突破性，是一部具有较高学术价值的好书。考其大端，至少在如下几方面独具特色。

一、在宏观构架上凸现中国电影发展的流动感与历史感

任何一种历史现象的出现都不会是偶然的，历史研究，最忌孤立、静止地就现象论现象。电影史的研究同样如此。一种电影运动、电影观念、电影思潮或者电影文学创作流派到表演艺术风格的出现，必然有其深厚的现实原因和本身的发展规律。电影史的研究既要揭示各种电影现象出现的深刻的时代现实根源，寻找其产生、发展、消长起伏的演变轨迹，又要以敏锐的眼光和史识洞察各种电影现象在电影史上的地位和意义及其对当代电影发展的启示。只有这样，电影史才会是鲜活的并且具有当代意义。《中国电影史》较为令人满意地做到了这一点，它在宏观构架上极力凸现出中国电影发展的流动感与历史感。

《中国电影史》分为五编，每编论述一个历史分期，各自具有相对独立性，但又不显得孤立，而是前后连续，注意揭示史的连贯性。如各编首章"概述"，分别阐述了本阶段的电影运动或电影思潮的发生发展演变过程；如果把各编"概述"连起来，则又清晰地展示了几十年来中国电影所走过的与时代生活紧密相联的历史行程。中国电影从最初的寄生于外国资本家到开始独立自主发展民族电影；从早期"旧派""新派"影片的创作思想和艺术趣味到 20 年代后期苏联电影理论及影片在中国的传播；从 30 年代左翼电影的潮涌到抗战时期新闻纪录片的摄制及战后电影发

展在国统区与解放区的殊途同归；以及建国后 17 年到"文革"的停滞与倒退，一直到新时期以来的探索前进，中国电影发展的历史脉络及与时代相扭结的特征明晰可辨。不仅如此，《中国电影史》没有停留在对历史的简单还原和史料再现上，而是通过对电影史的考察，概括出一些具有普遍意义和现实启示性的历史经验，表现出深厚的史识。如在"理论与批评"章中，著者勾画了中国电影史上各个时期的电影观念和电影理论的变动线索，如最初的"影戏"观；20 年代关于电影的社会教育和商业经营，电影的为人生与为艺术的思考；三四十年代张扬电影的反帝反封建时代主题和民众化的艺术审美，关于电影视觉形象性审美本性的新认识；五六十年代关于电影及电影特性的讨论，对电影蒙太奇理论及技巧的研究与实践，一直到新时期电影美学观念的生成与嬗变。在这样的历史考察中，著者清醒地发现，从中国电影萌芽直至新时期的头几年，在长达半个多世纪的发展中，尽管有各种电影观念与理论的探讨，但从根本上讲，影响最大的电影观念一直是本世纪初提出的"影戏"观。这种情形直到新时期才有根本改观，进而，著者深刻指出："从总体上看，早期的'影戏'说和 80 年代对'电影本体'的探讨，构成中国电影理论发展的主要线索。其他的各种观念都被包融于这二者之中。显而易见，中国电影没有形成自己的理论体系。"这一论断具有较为透彻的识见并且是切合实际的。

只有在占有丰富的史料，还历史以来本面目的基础上，以深刻的理论洞察力和史学眼力去透析历史，才能真正科学地构架历史，《中国电影史》不失为成功的一例。

二、寓深入的理性探讨于经纬交织的论述中

　　《中国电影史》的著者在构画历史的同时，没有抽空历史使其徒具躯壳，而是赋予其以丰满的血肉。在史的构架中注重细密的历史分析和理论探讨，成为这部著作的又一特征。

　　首先是史论结合。《中国电影史》突破了以往某些电影史的史料汇编的弊病。而是有史有论，史论结合。这集中表现在对电影文学创作的历史研究上。著者主要按照题材内容或流派风格对电影文学创作进行分类，突出各时期中国电影文学的主导倾向。在具体论述时，不作简单的影片罗列或情节介绍，而是着重分析本时期的主要电影创作在创作思想、题材选择、内涵开拓、形象刻画、审美风格上的主要特征，揭示其在中国电影史上的独特地位与意义，做到了点面结合，重点突出。如对三四十年代电影文学创作的研究，著者首先指出这一阶段创作具有"突破性转折"，继而结合作品，从三个方面概括出其现实内涵和审美特征。既没有单纯的作品罗列，有史无论；也没有把历史抽象为几条框框，有论无史；而是论从史出，史论结合。

其次是以史鉴今。接受美学和阐释学都指出，任何历史都是当代史。就这一论断的合理性而言，一方面说明当代意识对历史的渗透，同时也表明历史与当代的密切关系。治史是为了鉴今，好的史著必须在史的经验中总结出一些具有现实启示性的命题或规律。《中国电影史》在这个方面也取得了超出以往电影史的成就。在"绪论"中，著者便从近百年的中国电影发展史中，提出了关于中国电影发展的令人深思的具有重要意义的课题：首先是如何正确处理电影的社会教育、艺术审美与商业经营的关系；其次是如何正确处理借鉴西方与继承传统的关系；第三是如何正确处理理论探索与电影实践的关系。这三个问题是发人深思的，它们直接关系到中国电影今后的发展道路。再如，在对新时期电影发展状况论述之后，著者也从中总结出一个重要启示："电影的健康发展要有一个方向"，这无疑是有现实针对性的。

第三是辩证分析。应该说，这是学术研究的起码要求。然而以往某些电影史研究在这方面总多少存在一些问题。《中国电影史》的可取处在于，它把辩证分析的科学态度贯穿在全书之中。在对每一阶段电影发展特征作出归纳的同时，既肯定取得的成就，也指出种种不足。如对建国后17年电影事业的评价，既肯定了其"取得了令人瞩目的的成就"，同时也指出，历次政治运动的大起大落，也给电影的发展带来"严重的创伤"。这种分析是令人信服的。

三、较为完备的编著体系

编写体系上的系统与完备是《中国电影史》的又一特色和优点。以往出现的电影史著作或者只有现代而将当代部分付之阙如；或者只注重电影文学创作而忽略理论与批评或导表演艺术；或者只论述大陆电影史状况而割舍港台地区，等等，总之是缺乏对中国电影史较完备的整体观照。这部《中国电影史》则无论从时间、地域还是内容方面都显示了著者广阔的研究视野，使之不仅成为一部有较高学术价值的专著，而且还不失为一部较好的中国电影史教材。

首先，从这部著作所涉及的时间跨度上看，它从中国电影诞生开始一直延伸到整个 80 年代，既有对现代电影史和五六十年代电影坎坷发展的细致述评，而且还对新时期探索电影及 80 年代后期兴起的"娱乐片热"进行了近距离的理论追踪，既给人以较深邃的历史感，又让人能触摸到当代电影的发展轨迹和生命律动，历史感与当代性并现。

其次，从地域范围上看，《中国电影史》涵盖了港台地区电影发展状况，作为专门一编。既使人对港台地区电影史有一个明晰的了解，又补充丰富了大陆电影史，给中国电影特别是当代电影提供了较完整的发展景观和历史启示。

第三，从内容上看，《中国电影史》对中国电影基本上作出了全方位的研究。从思潮运动到观念理论与批评，从电影文学创作到导表演艺术，都有专章论述，从而纠正了以往电影史研究内容上的顾此失彼和残缺不全，拓展了中国电影史的研究空间。

从以上的简单述评中，不难看出，胡星亮、张瑞麟主编的这部《中国电影史》较之于以往出现的一些电影史著作，确实取得了很大的进展。但不足之处也难免存在。如对电影作品的分析，主要采用的是传统的社会历史的批评方法；对于作为一种银幕艺术的电影，则缺少对其艺术本体和银幕语言作出更为细致的美学透析，这也是目前电影研究中普遍存在的缺陷。但从总体上看，《中国电影史》是瑕不掩瑜的，其学术上的开拓性和突破性是无庸置疑的。正如南京大学著名文艺美学教授包忠文先生所言："这是一部具有开创性的切实的科学论著，具有较高的学术价值。"

1996 年第 04 期《剧影月报》

高唱"正气歌"

——评朱兆龙杂文集《信仰与信任》

时下杂文出书难、卖书难，朱兆龙同志的杂文集《信仰与信任》（河海大学出版社出版）初版6000册却一下子售完。为什么该书能获得读者如此青睐？也许是作者富有才华的文思文笔、独特隽秀的修辞技艺让读者品尝到既醇又辣的杂文味了吧。阅读全书后我觉得，《信仰与信任》的魅力主要在于：作者颇富功底的笔触，给读者画出了一幅源于生活的真实的社会画卷，其中既有对阴暗的犀利解剖和鞭挞，又有对光明由衷的呼唤与讴歌，对时弊的针砭有助于读者树立和坚定信任，对光明的赞析有利于读者产生和加深信仰，其正面的引导、正确的议论、正直的箴言、刚正的气质，使读者领略到扑面而来的浩然正气。毫不过分地说，《信仰与信任》是杂文交响诗中一曲高奏主旋律的正气歌。

朱兆龙同志多年来从事纪检工作，对党和社会上的不正之风有较深的了解，他一边查案办案直接参加反腐败斗争，一边用杂文创作进行扶正祛邪的努力。独特的社会职业使他的杂文融进了浓郁的刚正之气。如果说《陨星现象》《两面人现象》《倒发奖现象》《廉政双轨制现象》是对一些腐败现象的深刻揭露，那《共产党员腐蚀共产主义》《风的某些规律》就是对腐败的规律及其诊治的深层次思考和对策。这类杂文论据确凿，犀利辛辣，高屋建瓴，大气磅礴，读来令人快慰，引人共鸣，感到正气在胸中伸张开来。

《信仰与信任》有一个最大的特色，作者不但把杂文作为批判的武器，更多地是使杂文成为建设的武器。他在杂文创作中着力寻求先进、崇高和光明，用正面典型教育人、引导人。他在杂文中讴歌正直的纪委书记，赞美甘居陋室的房管局长，歌颂隐姓埋名的语言专家，褒扬用脊梁战胜洪水的共产党员。他用《风·世道与情思》《心中的月亮》倾吐爱党爱国的赤子之情，用《春风风人》《身边有金子》阐述正气的客观存在，用《所要者魂》《信仰与信任》昭示做人的真谛，从而给人以亮色、信心和正气。他用杂文一篇一章一砖一瓦地建设着社会主义精神文明。

谈到建设，朱兆龙同志杂文集中有相当多的篇幅涉及经济建设、改革开放、道德建设、人才队伍建设诸方面，其情感真挚，知识丰富，且生活活泼、涉笔成趣，使读者在知识的海洋和思维的空间中汲取到充盈于其间的源源正气。正因为如此，《改革呼唤大胆》《论步鑫生的再崛起》《商神与神商》《大款·大亨·大佬》等作品，每每被《杂文报》在头版头条位置发表，也就在情理之中了。

朱兆龙同志杂文之正气，有其职业因素，也有其学识和人格因素。自他调任东台市文化局副局长后，因工作关系我和他有过数年交往，对他了解颇多。其为人，诚如《大将风度又一处》文中所言："该笑则仰天大笑，该怒则雷霆震怒，做人当有如此棱角。"有棱角的人写出的杂文才有棱角。曾有自作多情者在他的杂文中自我对号，詈言查询。好心人劝他杂文要杂不要辣，他却一笑置之，依然耿直做人，刚正为文。非如此，谈何杂文？谈何正气？非如此，能得到读者的理解和喜爱么？

1997 年第 01 期《剧影月报》

"入世"前要拯救国内电影市场

电影界人士日前分析说，"入世"将使经营日趋惨淡的中国电影市场，在近二三年内迅速走出低谷，同时也会对国产影片带来致命的冲击。

据江苏长江影业有限责任公司总经理包嘉忠介绍，去年全国票房收入 15 亿元，而今年只有 10 亿元。江苏是我国电影市场搞得比较好的省份之一，今年的收入比去年下降了 40%。目前，电影市场的营业额收入已降至近二十年来的最低点。

电影放映发行市场如此，那么国产电影制作业如何？每年国产影片制作基本保持在 80 到 100 部，排世界第三位。但电影制作人士却坦言，作为产业的国产电影业，整体处于长年亏损状态。其原因是过高的影片制作费用和不断攀高的演员片酬，再加电影放映发行市场经营不利等都使国产电影业生存空间越来越狭窄。此类问题若不在进入WTO前解决好，国产电影业将风光不再。

也许有人会说，既然中国电影市场处在长时期的亏损之中，那么"入世"后让国外电影来冲击一下，说不定倒能刺激一下。但多数人士指出，就中国目前的电影市场现状来看，已经不起太大风浪的冲击，一旦垮下来，至少若干年内是重建不起来的。据说，"入世"后，每年进口美国20部分账片（根据票房收入提成），进口30部买断影片，这还不含其他WTO组织的成员。根据协议，中国影院可对外开放，允许外方控股40％。近十多年来，我国电影市场无论是城市还是农村，影院票房收入主要靠每年进口的10部美国大片。"入世"后，每月进口2至3部大片，就基本占满了电影市场的份额，所余空间不要说大陆的国产大片，就是台湾、香港地区的大片也只落得个"有片无市"的尴尬境地。城市市场如此，靠城市补贴的农村电影市场更是不堪设想了。到那时"泥菩萨过河难保自身"的电影市场，再资助"送电影下乡"就是难上加难的事了。

据电影界人士预测，"入世"后，我国的电影票房利润可在近两三年内迅速得到回升，票房收入能从现在的15亿元增长到50亿至100亿元。特别与国际电影市场接轨后，自会冲破现在这种进口影片所需的一系列审批手续，我们的观众能与外国观众同步欣赏到世界最新影片。而这对盗版音像市场也是强有力的打击。

其次，将有利于冲破目前市场不像市场、计划又不完全是计划的四不象管理。

其三，政府出资或以政策倾斜的方式，对现有国内影院包括乡镇一级的影剧场进行改造，是电影业在新一轮竞争中取胜的关键一着。

以江苏南京工人影城为例，1997年南京三家电影公司联合投资400万元，建起这座拥有两个300座的小影厅的影城后，年收入就达到了三四百万元。营业收入一下子就跃入南京市场第两位。"入世"后，美国人一旦拥有了在中国建影院的权力，他们用不着多建，在省会城市建两座、中等城市建一座就足够把电影市场吃进了。若建起影院，对他们影片再享有独家上影权，我们的电影市场就会被打垮。

电影界人士分析了我国电影业进入WTO的利弊之后，提出具体改革建议如下：

一、坚定不移地进行电影市场管理体制的改革。江苏可以把省内三五十家经营较好的的公司组织在一起，重新组建成一个资源优势互补的电影集团。这样做，一是集团可统一领导、统一指挥，形成合力，抢占市场最高制高点；二是可防止对方将我们一个个击破，最终在合资的名义下，享有绝对控股权。

二、"入世"后，政府可以制定一些法规对国产电影业进行有效的保护。方法有二：一是对本国产品实行补贴；二是对电影实行一些配额限制。比如法国电影法就规定，它的影院必须放国产片占到三分之二，外国片三分之一。加拿大政府则采取了一系列的措施，保护本国文化。例如建立基金，税收优惠，补贴扶持本国的广播、影视、出版等文化产业。

看电影这件事，本该是较低的文化消费。应该是如吃三明治、热狗、汉堡一个档次的消费，但现在的票价呢，已经上升到相当于大饭店的价钱，按此票价，国产影片还有什么市场可言。

2000 年第 04 期《江苏内参》

讴歌时代　赞美英雄

近一段时间以来，广大文艺工作者满怀深情，用大量鲜活的作品，浓墨重彩地表现新时期抗击非典的伟大精神，讴歌不怕牺牲、无私奉献的勇士。可以这样说，我们的广大文艺工作者忠实地记录了这场没有硝烟的战争，从中发掘"真善美"，进一步唤醒了人民群众心中的民族精神。

中央电视台首先于5月1日晚推出了一场"特别"晚会《我们众志成城》。说它特别，是因为现场没有观众，这在中央电视台大型晚会的历史上恐怕还没有发生过。这场晚会是在由于非典而使人烦躁甚至恐慌的非常时期举行的。整个晚会带给人民群众团结起来战胜非典的信心和力量。随后，我们看到，广东的《情系天地间》、江苏的《扬子壮歌》等电视文艺晚会也给观众留下深刻印象。

5月23日上午，文化部、中国文联在文化部门前广场举办了《以科学战胜非典，用艺术振奋精神》的大型捐赠义演活动。首都艺术院团的主要艺术家都登台献演，一批讴歌时代、赞美英雄的新作应时而生。

我们惊喜地看到，表演艺术家和青年演职员饱含深情与敬意，纷纷奔赴抗击非典前线采访、创作和演出。总政歌舞团连续在小汤山、军事科学院、309医院等慰问；中国歌剧舞剧院赴北京昌平慰问轮休的医护人员；广东话剧院以钟南山、叶欣为原型创作了话剧《巍巍南山》《生命如此美丽》；上海歌剧院用十天时间拿出了大型交响合唱作品《生命的誓言》；上海滑稽剧团全力以赴投入情景剧《一个也不漏》的创作；上海评弹团则以弹词开篇《天使颂》来歌颂医务工作者救死扶伤、不怕牺牲的崇高精神境界。一系列抗非歌曲如《白衣天使》《一路同行》《我们能赢》《因为爱》《凯旋在明天》等也相继在我们耳边响起。

我们惊喜地看到，民族危难时刻，作家迅速找准了自己的位置。由高洪波带队，何建明、毕淑敏、王宏甲、陈永康、商泽军、王霞等参加的中国作家赴抗击非典一线采访创作组，已深入到北京抗击非典一线，将大视角、全景式反映"北京抗击非典保卫战"。广东也组织了 29 位作家参加抗击非典采访写作团。

我们惊喜地看到，书画家闻风而动，用画笔抒发对医务、科研人员的赞美情怀。中国美术家协会、中国艺术研究院、中国美术馆、中国画研究院、北京画院等艺术研究机构共同向全国美术家发出了捐赠作品的倡议书。画家集体创作的《中华医圣》《长城风骨》捐赠给了北京朝阳医院等。至 5 月 22 日，文化部、中国文联已收到捐赠美术作品 400 多幅。

我们惊喜地看到，影视工作者也做出了积极、迅速的反映。《以南丁格尔的名义》《我的非典女友》《生死接力》等电影先后投入拍摄……

通过广大文艺工作者的辛勤努力，我们艺术、生动、直观地感受到了"万众一心、众志成城、团结互助、和衷共济、迎难而上、敢于胜利"的抗击非典的 24 字精神；感受到了邓练贤、叶欣、梁世奎、李晓红、陈洪光、钟南山、姜素椿等英勇无畏的献身精神；感受到了科学的力量；感受到了人民群众心相连、爱相通，一方有难，八方支持……

在这场抗击非典的战斗中，广大文艺工作者表现出高度的社会责任感，他们也是抗击非典的一个方面军。正是通过他们的努力，我们才能进一步凝聚人心，鼓舞士气，振奋精神。我们向广大文艺工作者致敬！

2003 年 05 月 28 日《中国文化报》

□ 新闻不新

附 录

主要新闻作品篇目

消　　息　　新安中学采取措施减轻学生负担

　　　　　　1982 年 02 月 16 日《盐阜大众报》

读者来信　　制止无票乘车要有措施

　　　　　　1982 年 03 月 23 日《新华日报》

评　　论　　从"无用功"说开去

　　　　　　1982 年 04 月 03 日《盐阜大众报》

通　　讯　　八个"小老师"

　　　　　　1982 年 04 月 15 日《中国青年报》

评　　论　　不要插嘴

　　　　　　1982 年 07 月 09 日《青年报》

读者来信　　邮政车怎能变成采购车

　　　　　　1982 年 09 月 15 日《人民日报》

评　　论　　"家访"小议

　　　　　　1982 年 11 月 02 日《盐阜大众报》

通　　讯　　路，就要这样走

　　　　　　1983 年 03 月 05 日《盐阜大众报》

读者来信　　名酒改装不要改质

　　　　　　1983 年 04 月 04 日《新华日报》

消　　息　　安丰公社举行第十三届体育运动会

　　　　　　1983 年 04 月 06 日《盐阜大众报》

评　　论　　公开教学搞"排练"大可不必

　　　　　　1983 年 04 月 09 日《盐阜大众报》

读者来信　驱车五百里　修好一台钟

　　　　　　1983 年 12 月 29 日《苏州报》

消　　息　为了青年多求知　一场村舍得花本钱

　　　　　　1983 年第 12 期《江苏团讯》

评　　论　滥教有害

　　　　　　1984 年 01 月 11 日《盐阜大众报》

读者来信　要重视学生的课外阅读

　　　　　　1984 年 02 月 21 日《中国教育报》

消　　息　东台建造百亩"青年林"

　　　　　　1984 年 02 月 29 日《盐阜大众报》

通　　讯　老陈在临终前夕

　　　　　　1984 年 03 月 02 日《盐阜大众报》

消　　息　广大团员青年纷纷要求参加"党在我心中"知识竞赛
　　　　　团东台县委组织全县团支部抢答

　　　　　　1984 年 03 月 24 日《中国青年报》

消　　息　东台团县委组织三级团干学习整党文件

　　　　　　1984 年 04 月 01 日《团内情况》

消　　息　东台县青年"五小"活动成绩显著

　　　　　　1984 年 04 月 06 日《盐阜大众报》

评　　论　"拖堂"有害无益

　　　　　　1984 年 04 月 19 日《盐阜大众报》

通　　讯　青年爱跟他交朋友

　　　　　　1984 年 05 月 04 日《盐阜大众报》

消　　息　我市第一所乡办团校开学

1984 年 07 月 11 日《盐阜大众报》

消　　息　富裕之门四面开，有志青年请进来
　　　　　官北村年轻人在商品生产中唱主角
　　　　　1984 年 07 月 21 日《盐阜大众报》

消　　息　东台进行保密教育
　　　　　1984 年 10 月 28 日《盐阜大众报》

消　　息　徐墩村团支部巩固学教活动成果
　　　　　1984 年 11 月 15 日《团内情况》

评　　论　团的思想工作必须来一个改进
　　　　　1984 年 11 月 30 日《盐阜大众报》

消　　息　东台县三级团干学《决定》
　　　　　1984 年第 12 期《江苏团讯》

消　　息　解放村团支部适应新情况改进工作方法
　　　　　1985 年 01 月 10 日《盐阜大众报》

消　　息　时堰镇团委推荐优秀青年入党
　　　　　1985 年 01 月 11 日《盐阜大众报》

消　　息　青年农民杨吟山有胆识
　　　　　1985 年 01 月 29 日《盐阜大众报》

消　　息　综合疏导　防患未然
　　　　　1985 年第 01 期《江苏团讯》

消　　息　东台万余团员青年营造沿海防护林
　　　　　1985 年 02 月 07 日《新华日报》

消　　息　东台营造防护林体系第二期工程动工
　　　　　1985 年 02 月 07 日《盐阜大众报》

消　　息　东台召开学雷锋座谈会

　　　　　　1985 年 03 月 07 日《盐阜大众报》

消　　息　曹丿乡举行回乡学生座谈会

　　　　　　1985 年 03 月 17 日《盐阜大众报》

消　　息　东台青少年慰问边防战士和家属

　　　　　　1985 年 03 月 22 日《中国青年报》

消　　息　曹丿乡举行回乡学生联谊会

　　　　　　1985 年第 03 期《团的工作》

消　　息　东台与沙洲结成兄弟团县委

　　　　　　1985 年第 03 期《团的工作》

消　　息　东台县下半年《新华青年报》发行将有增加

　　　　　　1985 年 05 月 05 日《新华青年报》

消　　息　东台五十万青少年慰问边防战士

　　　　　　1985 年 05 月 19 日《新华青年报》

消　　息　东台孤儿游台城

　　　　　　1985 年 05 月 30 日《盐阜大众报》

消　　息　东台五十万青少年慰问边防战士

　　　　　　1985 年第 05 期《团的工作》

消　　息　东台青少年开展拥军活动

　　　　　　1985 年 06 月 14 日《盐阜大众报》

消　　息　"五小"活动结硕果

　　　　　　1985 年 06 月 16 日《盐阜大众报》

消　　息　东台五十万青少年慰问边防战士和家属

　　　　　　1985 年第 06 期《江苏团讯》

消　　息　　沈和村为青年举办集体婚礼

　　　　　　　1986 年 02 月 01 日《盐阜大众报》

消　　息　　东台团县委在沿海青少年绿化工程中获奖

　　　　　　　1986 年 02 月 28 日《盐阜大众报》

消　　息　　发动全县青少年慰问边防战士

　　　　　　　1986 年第 03 期《农村青年》

消　　息　　东台县专职团干挂职蹲点抓基层

　　　　　　　1986 年 04 月 04 日《团的情况》

消　　息　　东台县掀起学习邓桂荣同志的热潮

　　　　　　　1986 年 04 月 10 日《盐阜大众报》

消　　息　　王晓棠寄语东台青年

　　　　　　　1986 年 05 月 06 日《盐阜大众报》

消　　息　　五烈乡青少年犯罪率低

　　　　　　　1986 年 06 月 06 日《农民日报》

消　　息　　进行法制教育　做好疏导工作

　　　　　　　1986 年 06 月 22 日《盐阜大众报》

消　　息　　东台县专职团干挂职蹲点抓基层

　　　　　　　1986 年第 06 期《江苏团讯》

调查报告　东台县团组织推荐优秀青年入党制度趋向完善

　　　　　　　1986 年 06 期《团的工作》

消　　息　　残疾少年坐上手摇车

　　　　　　　1986 年 12 月 10 日《少年报》

消　　息　　东台获"红领巾读书读报"五个头奖

　　　　　　　1987 年 02 月 25 日《盐阜大众报》

评　　论　先"入套"再"出套"

1987 年 02 月 25 日《盐阜大众报》

消　　息　中共东台县委关心共青团工作

1987 年第 03 期《农村青年》

消　　息　东台县色织二厂团组织发挥多功能作用　团省委负责同志

评价这个厂团的工作是乡镇企业团的工作发展方向

1987 年 05 月 06 期《盐阜大众报》

通　　讯　一位残疾孩子的恩师

1987 年 10 月 15 日《新华日报》

消　　息　东台团县委采取多种方法激励团员青年

学习改革理论投身改革实践

1987 年 12 月 13 日《盐阜大众报》

评　　论　当心招标走过场

1988 年 02 月 10 日《中国青年报》

消　　息　以工养团两个效益一齐上

1988 年第 03 期《农村青年》

消　　息　以工养团两个效益一齐上

1988 年第 03 期《团旗飘飘》

评　　论　查禁毒书要有措施

1988 年第 03 期《团旗飘飘》

消　　息　东台市少先队干部学校成立

1988 年 05 月 30 日《盐阜大众报》

消　　息　东台团市委"内改"着眼发展商品经济

1988 年第 10 期《江苏团讯》

消　　息　东台市广播站试行团员月考评记分制度

　　　　　　1988 年第 10 期《团的工作》

消　　息　自我表现　自我娱乐　自我教育 东台市举办第二届青年文化节

　　　　　　1988 年 11 月 08 日《盐阜大众报》

消　　息　试行团员月考评制度

　　　　　　1988 年第 11 期《青年工作者》

消　　息　东台团市委开展社会监督活动

　　　　　　1988 年 12 月 28 日《盐阜大众报》

消　　息　东台沈和村 27 对青年参加集体婚礼

　　　　　　1989 年 01 月 28 日《新华日报》

通　　讯　好你个闯滩人——杨吟山

　　　　　　1989 年第 02 期《江苏团讯》

消　　息　谷丰村团支部以工养团

　　　　　　1989 年 03 月 05 日《东台报》

通　　讯　闯滩人

　　　　　　1989 年 03 月 05 日《东台报》

消　　息　团市委"内改"被团省委肯定

　　　　　　1989 年 03 月 05 日《东台报》

消　　息　"共青团号"洒水车交付使用

　　　　　　1989 年 03 月 05 日《东台报》

消　　息　"红领巾小建设"颁奖

　　　　　　1989 年 03 月 05 日《东台报》

消　　息　沈和村举办集体婚礼

　　　　　　1989 年 03 月 05 日《东台报》

消　　息　"红花"村名不虚传

1989 年第 03 期《农村青年》

消　　息　联合经营双获利

1989 年第 03 期《农村青年》

通　　讯　病人喜欢她

1989 年 05 月 04 日《东台报》

通　　讯　闯滩人

1989 年第 05 期《农村青年》

消　　息　王爱华抢救落水儿童献身

1989 年 07 月 13 日《新华日报》

消　　息　王爱华抢救落水儿童献身

1989 年 07 月 13 日《盐阜大众报》

消　　息　市政协文体工作组到安梁富等地考察

1989 年 12 月 05 日《东台报》

消　　息　洪惟杰被吸收为中国新闻史学会会员

1990 年 03 月 03 日《盐阜大众报》

消　　息　洪惟杰被吸收为中国新闻史学会会员

1990 年 03 月 03 日《东台报》

消　　息　我市小品《摆渡》获奖

1990 年 04 月 28 日《东台报》

消　　息　我省"县级市群文理论研讨联谊会"成立

1990 年 05 月 17 日《新华日报》

消　　息　盐城市文化工作考察团视察我市

1990 年 05 月 24 日《东台报》

消　　息　国家资助兴建"戈宝权图书馆"

1990 年 06 月 05 日《东台报》

消　　息　国家资助兴建"戈宝权图书馆"

1990 年 06 月 09 日《盐阜大众报》

消　　息　国家资助兴建"戈宝权图书馆"

1990 年 06 月 19 日《中国文化报》

消　　息　我市挖掘"瑶台音乐"取得可喜成果

1990 年 06 月 19 日《东台报》

消　　息　国家资助扩建戈宝权图书馆

1990 年 06 月 21 日《解放日报》

消　　息　东台建立戈宝权图书馆

1990 年 06 月 22 日《文汇报》

消　　息　东台市建立戈宝权图书馆

1990 年 06 月 23 日《扬子晚报》

消　　息　我市挖掘"瑶台音乐"取得可喜成绩

1990 年 07 月 06 日《东台文联》

消　　息　东台搜集"瑶台音乐"成绩可喜

1990 年 07 月 14 日《盐阜大众报》

消　　息　东台市挖掘"瑶台音乐"取得可喜成绩

1990 年 07 月 24 日《文化工作简报》

消　　息　专题片《戈宝权》在东台摄景

1990 年 08 月 25 日《盐阜大众报》

消　　息　专题片《戈宝权》在我市实地拍摄

1990 年 08 月 25 日《东台报》

消　　息　　周盛泉漫画作品在盐城展出

　　　　　　1991 年 10 月 08 日《东台报》

通　　讯　　"傻人"韩光明

　　　　　　1991 年 10 月 22 日《东台报》

消　　息　　"周盛泉漫画展"在盐城展出

　　　　　　1991 年 10 月 23 日《农民日报》

消　　息　　"周盛泉漫画展"在江苏盐城展出

　　　　　　1991 年 10 月 28 日《新闻漫画通讯》

评　　论　　把家庭"扫黄"深入一层

　　　　　　1991 年 10 月 29 日《东台报》

通　　讯　　"傻人"韩光明

　　　　　　1991 年 11 月 14 日《盐阜大众报》

评　　论　　谢军的"下一盘"

　　　　　　1991 年 11 月 16 日《盐阜大众报》

消　　息　　在家有电影文艺队　出海有海上文化船

　　　　　　东台农家文化生活好丰富

　　　　　　1991 年 11 月 21 日《法制日报》

消　　息　　江苏举办周盛泉漫画展

　　　　　　1991 年第 11 期《群众文化》

消　　息　　四灶乡赶排抗灾救灾文艺节目下村演出

　　　　　　1991 年第 11 期《盐城宣传》

消　　息　　"文化船""轻骑队"载来东台农村文化热

　　　　　　1991 年 12 月 07 日《盐阜大众报》

评　　论　　谢军的"下一盘"

1991 年 12 月 14 日《东台报》

消　　息　漫画家周盛泉育新苗结硕果

1991 年 12 月 21 日《盐阜大众报》

消　　息　《滩涂晨曲》在省获两个一等奖

1992 年 01 月 07 日《东台报》

消　　息　我市农家文化活动丰富多彩

1992 年 01 月 11 日《东台报》

消　　息　东台活跃着四支文艺轻骑兵

1992 年第 01 期《盐城宣传》

消　　息　周盛泉 "漫园" 勤耕

1992 年 02 月 02 日《新华日报》

消　　息　《周盛泉漫画展》春节在宁展出

1992 年 02 月 13 日《东台报》

消　　息　薛学林、孙锦荣对创建文化先进市提出要求

1992 年 02 月 25 日《东台报》

消　　息　市府发出通知对进一步争创群文先进乡镇提出要求

1992 年 03 月 12 日《东台报》

消　　息　东台市积极占领农村思想文化阵地

1992 年 03 月 26 日《精神文明报》

知识小品　中国历史上的十大禁书

1992 年第 05 期《黄金时代》

消　　息　《企业股份制改造》录像带面市

1992 年 06 月 27 日《扬子晚报》

消　　息　《企业股份制改造要求与操作》录像带出版

1992 年 06 月 29 日《新华日报》

消　　息　"刘鹏春剧作研讨会"在扬州举行

1992 年 10 月 03 日《新华日报》

消　　息　"刘鹏春剧作研讨会"在扬州举行

1992 年 10 月 15 日《人民日报》

消　　息　国家文物局通知暂停拍卖文物

1992 年 11 月 21 日《扬子晚报》

消　　息　南师大美术系青年教师吴为山塑像《林散之》

1992 年 02 月 03 日《扬子晚报》

消　　息　谢小鱼又演《豆花女》

1993 年 02 月 28 日《扬子晚报》

消　　息　江苏文化音像出版社出版《李芳笛子独奏精品选》

1993 年 02 月 28 日《扬子晚报》

消　　息　谢小鱼又演《豆花女》

1993 年 03 月 20 日《大连日报》

消　　息　华西村：参观者络绎不绝　华西人：忙接待收入可观

1993 年 03 月 23 日《扬子晚报》

消　　息　我省举办青少年优秀新歌演唱比赛

1993 年 03 月 23 日《扬子晚报》

消　　息　《妈妈再爱我一次》有姐妹篇　原班人马再演《豆花女》

1993 年 04 月 10 日《文汇电影时报》

通　　讯　李章武：擎起双灯亮四方

1993 年 04 月 23 日《新华日报》

消　　息　富安春茧喜获丰收

通　讯　港城腾起一条龙

1994 年 01 月 28 日《新华日报》

消　息　《江苏文化名人录》着手编纂

1994 年 02 月 26 日《新华日报》

消　息　《江苏文化名人录》着手编纂

1994 年 03 月 06 日《中国文化报》

通　讯　一路搏击——记扬中县新坝影剧院经理戴耀明

1994 年 09 月 17 日《新华日报》

消　息　我省雕塑家为越剧节创作浮雕《越韵》

1994 年 09 月 24 日《扬子晚报》

通　讯　戴耀明：一路搏击

1994 年第 09 期《剧影月报》

消　息　浮雕《越韵》落户"小百花"

1994 年 10 月 06 日《新华日报》

通　讯　戴耀明：一路搏击

1994 年 10 月 07 日《中国文化报》

消　息　为改革开放经济建设和人民生命财产安全服务

我省人民保险事业取得长足发展

1994 年 10 月 23 日《新华日报》

消　息　从困境到辉煌

1994 年 11 月 19 日《新华日报》

消　息　固定资产四百万　文化事业大发展

江苏兆丰文化站"创收补文"走出新路

1994 年 12 月 04 日《中国文化报》

2007 年 01 月 03 日《中国文化报》

消　　息　　江苏农村公共文化设施网络初步形成
　　　　　　乡镇文化站建设取得突破性进展
　　　　　　2008 年 06 月 01 日《中国文化报》

图书在版编目（CIP）数据

新闻不新 / 方标军著. -- 南京：江苏人民出版社，
2016.7
ISBN 978-7-214-18804-5

Ⅰ.①新… Ⅱ.①方… Ⅲ.①新闻报道－作品集－中
国－当代 Ⅳ.①I253

中国版本图书馆CIP数据核字(2016)第137887号

书　　　名	新闻不新
著　　　者	方标军
责 任 编 辑	戴宁宁
装 帧 设 计	朱赢椿　杨杰芳
出 版 发 行	凤凰出版传媒股份有限公司
	江苏人民出版社
出版社地址	南京市湖南路1号A楼，邮编：210009
出版社网址	http://www.jspph.com
经　　　销	凤凰出版传媒股份有限公司
印 刷 者	南京爱德印刷有限公司
开　　　本	787毫米×1092毫米　1/32
印　　　张	9.625　插页2
字　　　数	180千字
版　　　次	2016年9月第1版　2016年9月第1次印刷
标 准 书 号	ISBN 978-7-214-18804-5
定　　　价	58.00元

（江苏人民出版社图书凡印装错误可向承印厂调换）